Zeugnisse
vom
Mittelmeer

D1705327

Raschid al-Daïf

Lieber Herr Kawabata

Roman aus dem Libanon

Aus dem Arabischen von
Hartmut Fähndrich

Lenos Verlag

Die Herausgabe dieses Werkes wurde ermöglicht
durch Unterstützung der Europäischen Kultur-
stiftung in Amsterdam. Es erscheint im Rahmen
des Projekts „Zeugnisse vom Mittelmeer", in dem
autobiographische Texte arabischer Autorinnen
und Autoren gleichzeitig in mehreren europäischen Sprachen zugänglich gemacht werden.

Die Übersetzung aus dem Arabischen wurde unterstützt durch die Gesellschaft zur Förderung der
Literatur aus Afrika, Asien und Lateinamerika e.V.
in Zusammenarbeit mit der Schweizer Kulturstif-
tung Pro Helvetia.

Lieber Herr Kawabata

Lieber Herr Kawabata,

ich schlenderte die Hamra-Strasse in Beirut entlang, als ich ihn plötzlich sah und für einen Augenblick meinte, mich selbst zu sehen. Zunächst glaubte ich, es müsse jemand sein, der mir wie aus dem Gesicht geschnitten war. Aber gleich darauf wurde mir klar, dass da mehr war als nur eine Ähnlichkeit. Wahrscheinlich stehe ich vor einem Schaufenster oder einem Spiegel, dachte ich, in dem ich mich unangenehm deutlich sehe. Aber das Spiegelbild bewegte sich in eine andere Richtung, auf andere Art und war auch anders gekleidet. Es konnte sich also nicht um mein Abbild handeln. Ich selbst war es. Ich sah mich selbst. *Vielleicht ist Ihnen dergleichen noch nie passiert, Herr Kawabata, es kommt selten vor, aber es kommt vor, und mir ist es passiert. Ausserdem, was sollte merkwürdig sein an etwas, das zwar selten passiert, aber doch passiert? Ist das Seltene nicht auch Teil unseres täglichen Lebens? Ich bin sicher, Sie sehen, im Gegensatz zu vielen anderen, im Seltenen nichts, was zu Argwohn Anlass gäbe. Deswegen ist meine Wahl auch auf Sie gefallen.* Für einen Augenblick meinte ich also, mich selbst dort einige Meter entfernt auf dem Trottoir gehen zu sehen. Es war ein Augenblick, der mir endlos vorkam, was nicht nur mein Erstaunen vergrössert hat, sondern auch mein Gefühl der Unzulänglichkeit. Fast wäre ich aus dem Gleichgewicht geraten, oder genauer, fast hätte sich mein Körper in seine Bestandteile aufgelöst, also seine Bindung an jenes rätselhafte Etwas verloren, das alles zusammenhält. Einen Augenblick lang meinte ich auseinanderzufallen, hatte das Gefühl, jeder Körperteil strebe in eine andere Richtung. Meine Knie wurden weich, und ich ging fast zu Boden. Dann raffte ich mich wieder auf.

Man behauptet, Herr Kawabata, im Gehirn eines Menschen laufe im Augenblick seines Todes in schnellstem Zeit-

raffertempo der gesamte Lebensfilm ab, er würde sich blitz-
artig an alles erinnern, was sich seit seiner Kindheit abgespielt hat. Ich kann Ihnen versichern, dass mir nichts dergleichen passiert ist, als ich, am Nacken, an den Schultern
und an anderen Körperteilen getroffen, für einige Augenblicke im Sterben lag. Damals habe ich mich an absolut gar
nichts erinnert, vor meinen Augen, das heisst in meiner
Erinnerung, ist nichts, aber auch gar nichts vorübergezogen.
Nichts, nicht einmal der Gedanke an die Welt nach dem
Tod, hat mich von dem Schmerz abgelenkt, den ich spürte.
Nichts als der Schmerz beschäftigte mich, wenn ich nach
einem tiefen Tod ins Leben zurückkehrte.

Man behauptet auch, Herr Kawabata, nur vor den Augen
eines Ertrinkenden laufe der Lebensfilm im Zeitraffertempo
ab. Nun, ich bin noch nie ertrunken, und bis heute hat,
meines Wissens, noch niemand die Richtigkeit dieser Behauptung bestätigen oder widerlegen können. Andrerseits,
ja, andrerseits habe ich mit diesen meinen eigenen Augen
meinen Lebensfilm gesehen. Einen Augenblick lang, der
mir endlos erschien, lief er in rasender Geschwindigkeit,
aber völlig klar, ab. Das war eben, als ich ihm, diesem Mann,
auf der Hamra-Strasse begegnete und für einen Augenblick
meinte, mich selbst zu sehen. *Ich sage „begegnete", und ich sage
auch „diesem Mann" und benenne ihn nicht eindeutig, Herr
Kawabata, denn bei uns erwähnt man die Namen der Feinde nicht,
wenn man über sie spricht: man deutet sie irgendwie an, mit einem
Epitheton, einem Pronomen oder einer Umschreibung, durch Über-
gehen oder eine Geste.* Ich habe ihn gesehen, wie er auf dem
Trottoir spazierte, einfach so. Als ob sich im Libanon, besonders in Beirut, nicht fünfzehn Jahre lang Schreckliches
ereignet hätte. Als ob das alles nichts anderes gewesen wäre
als eine künstliche Flut, in aller Eile aufgebaut als Kulisse für

einen Film oder ein Freilichttheater. Da pulsierte es mir bis in die Haare, und mein Blut geriet in Wallung.

Ich verabscheue ihn, Herr Kawabata. Er ging aufrecht, mit erhobenem, ja leicht zurückgeneigtem Haupt, mit beiden Händen hielt er am oberen Bauchansatz eine Gebetskette. *Im Gegensatz zu anderen Japanern und Nichtjapanern wissen Sie natürlich, was eine Gebetskette ist. Als ich einmal in Paris eine Gebetskette in der Hand hielt, fragte mich ein französischer Freund, ob das dem Zeitvertreib diene, was ich bejahen konnte, denn bei uns Arabern wird die Zeit nie ohne Gebetskette vertrieben!* Trotz eines kleinen Bauchs ging er kerzengerade. Er blickte in die Ferne, dort auf dem Trottoir, das voller Menschen war – Passanten und Wartenden, Händlern, Milizionären und allen möglichen anderen. Wer hätte im Jahre 1991 auf dem Trottoir der Hamra-Strasse gehen können wie er, so unschuldig, so pedantisch? Der Krieg war schliesslich noch kaum zuende, hatte noch kaum, wie wir sagen, seine Lasten abgesetzt. *Achten Sie auf diesen Ausdruck – der Krieg hatte seine Lasten abgesetzt! Sie werden noch viele derartige Ausdrücke im Arabischen finden, schon immer wunderschön und auf ewig so.* Das Trottoir war durchsetzt mit Schlaglöchern und Gruben, die denjenigen, der hineinstürzte, direkt in die tiefste Hölle führten. Nur er, den ich für mich selbst gehalten hatte, konnte all die Hindernisse umgehen, kein anderer war dazu in der Lage.

Seine edle Nase war stolz erhoben wie sein Kopf. Sein Anblick brachte mich in Rage. *Sicher kein originelles Gefühl, da doch alle Gefühle seit jeher schon im Menschen verankert sind.* Ich sagte mir, ich könne ihn unmöglich je als Freund angesehen haben, mit ihm über Jahre hin quasi täglich zusammen gewesen sein und gemeinsam mit ihm gekämpft haben. Ich musste ihn also gerade erfunden haben. Musste ihn entworfen haben. Musste ihn aus Splittern einer bemerkenswerten Ähnlichkeit zusammengestückelt haben, die viele mir bekannte Personen miteinander verbindet und die auch mich mit ihnen verbindet. Daraus musste er geworden sein.

Er sah mich nicht. Nicht weil ich nicht in seinem Blickfeld gewesen wäre, sondern weil er nur selektiv sah. Und ich gehörte nicht zu dieser Selektion. Dazu gehörte nur, wen er gnädig seiner Wohltat für würdig erachtete. Und dazu gehörte ich eben nicht. Er war drei Zentimeter grösser als ich. Aber das gab ihm nicht das Recht, arrogant zu sein. Es gibt noch viele, die grösser sind als ich, auch viele, die kleiner sind. Das tut überhaupt nichts zur Sache. Ausserdem, seit wann ist Körpergrösse ein Wertmassstab und ein Motiv für Überlegenheitsgefühle? Ihnen kann ich es ja verraten, Herr Kawabata, dass es in Wirklichkeit ich war, der ihn drei Zentimeter grösser sein liess. Ich hätte ihm ohne Zögern und ohne Bedenken auch noch mehr zugestanden, bitte sehr. Ich gestatte ihm voller Selbstvertrauen und ohne jedweden Komplex das und noch vieles andere, wenn es ihm gefällt. Was mich in Rage gebracht hat, war etwas anderes, Herr Kawabata, etwas, das einige Meter, einige Meilen oder einige Generationen zurückliegt.

Ich möchte Sie gleich darauf aufmerksam machen, Herr Kawabata, dass ich möglicherweise bei meinen Ausführungen von einem Thema zum anderen springe, ich bin aber sicher, dass Sie mühelos den tieferen Sinn jedes Sprungs nachvollziehen können, ja, dass diese Methode sogar Ihre Billigung erfahren wird. Das wiederum würde mich glücklich machen, weil ich in Ihnen den seltenen Araber gefunden hätte, der mir, aus Liebe für künftige Tage und Orte, zustimmt.

Wenn ich Sie, Herr Kawabata, hier als Araber bezeichne,

so ist das durchaus nicht ironisch gemeint. Ich schätze nämlich Ironie nicht und denke, dass ironische Menschen nicht über das nötige Mass an Kultur und Intelligenz verfügen. Und wenn ich von künftigen Tagen spreche, so meine ich damit nicht diejenigen, die kommen werden. Denn für Sie kommen keine Tage mehr, das wissen Sie am besten. Was mich angeht, so sind meine Tage in mir und gehören mir. Ich meine vielmehr … Ja, was meine ich eigentlich? Ich meine eigentlich nichts. Ich habe mich nur vom Schwall der Wörter mitreissen lassen. Wie viele wie mich haben die Wörter schon mitgerissen, ganze Generationen!

Es sind genau diese Wörter, mit denen wir – Sie werden später erfahren, warum ich hier im Plural spreche – die Welt erfassen zu können glaubten. Dann wurde mir – achten Sie bitte darauf, dass ich zum Singular zurückgekehrt bin – klar, dass wir im Umgang mit ihnen, den Wörtern, nicht im Umgang mit der Welt eine gewisse Perfektion erreicht hatten. Wir schwangen uns auf diese Wörter – *„sich auf etwas schwingen" bedeutet auf arabisch „sich ein Reittier nehmen", und ein Reittier ist ein Kamel, auf dessen Rücken man sich eben schwingt* – und trabten auf ihnen, wohin wir wollten. Ja, wohin wir wollten! Wir galoppierten blitzschnell vom „Mehrwert" zur „historischen Rolle der Arbeiterklasse", die diesen Mehrwert erarbeitet, zur „objektiven Notwendigkeit" der Teilnahme am Krieg – ich meine den im Libanon. *Ich glaube, dass diese Präzisierung durchaus am Platze ist, denn das Wort „Krieg" an sich ist völlig vage, insofern es nichts über seinen Ort und seine Zeit aussagt, und Sie könnten zum Beispiel irrtümlicherweise an einen Krieg in Japan denken.* Blitzschnell! *Achten Sie auf diesen immer wieder aufs neue schönen Ausdruck.* Wir erreichten eine gewisse Perfektion beim Überwinden von Barrieren und

Hürden. Wir waren echte Kavalleristen. Unsere Zungen erfreuten sich hoher Fertigkeit. *Ich wusste damals noch nicht, Herr Kawabata, dass bei jeder Erdumdrehung die Rotation ihre Opfer fordert!* Wir schwangen uns auf die Wörter, überzeugt, die Geschichte reiten zu können. Wir hielten den Zügel dieser Geschichte und ritten auf das vorgegebene Ziel zu: den Kommunismus nach der Vorstufe des Sozialismus. Unsere Rolle war es, die Ereignisse in die erforderliche Richtung zu lenken und die Hindernisse wegzuschaffen vor dem Rad der Geschichte – Beachten Sie auch diesen Ausdruck! –, damit es nicht langsamer würde oder gar zum Stillstand käme. Die Geschichte zeigte keine Fortschritte ohne unsere täglichen Manöver. Wir machten sie und waren gleichzeitig ein Teil von ihr. *Wir liebten es, Gegensätzliches sprachlich miteinander zu verbinden, damit die Sprache die auf Widersprüchen gegründete Wirklichkeit korrekt, unzweideutig und wissenschaftlich widerspiegle: Die Einheit der Gegensätze in der objektiven Wirklichkeit sollte in der sprachlichen Wirklichkeit, ja, in einem einzigen Ausdruck sichtbar werden. Ich frage mich aufrichtig, Herr Kawabata, was an dieser Äusserung falsch ist.* Die gesamte Welt war in Wörtern verdinglicht, und sobald man das Wort veränderte, veränderte sich auch das Ding: das Wasser, die Erde, die Luft, die Individuen, die Gruppen, die belebte und die unbelebte Kreatur. Und allein dadurch, dass die Volksmassen diese Wörter-Wirklichkeiten kennen und richtig zu gebrauchen lernten, könnten sie lenkend in die Geschichte eingeifen. Hier lag unsere Aufgabe. Die herrschende Schicht begriff das genau. Die Oberschicht verstand, dass sich das gegen ihr Interesse richtete. Also lag ihr daran, die Wahrheit zu verschleiern, weil diese zur Befreiung führen würde. *Amen.*

Doch dann eines Tages, zu Beginn des Krieges *bei uns* im

Jahre 1975 hatte ich das Gefühl, in meinem Mund wimmle es von Ameisen und meine Lippen seien zusammengenäht, wie eine tiefe Wunde, aber mit einem festen Faden. Dann gab es da auch einen Traum, der mich nicht mehr losliess: Eine riesige Büste steht mitten in einer grenzenlos weiten Wüste, flach wie das Meer und ruhig wie Öl; der Himmel, endlos auch er, ist bewölkt und verschmilzt in weiter Ferne mit der Wüste. Alles ist ruhig, nirgends eine Stimme oder sonst ein Laut, kein Windhauch. Kein Baum und kein Grashalm. Kein Vogel, kein Tier. Nur diese schreckliche, riesige Büste mitten in der Wüste unter der Kuppel eines wolkenverhangenen Himmels. Plötzlich quellen Soldaten aus den Ohren des Denkmals, klein wie Däumlinge. Sie tragen Maschinenpistolen und eröffnen damit das Feuer wild und ziellos in alle Richtungen, als ob alles in dieser Weite ihr Feind wäre. Dann klettern sie rasch über die Rundungen der Büste hinunter auf den regenfeuchten Sand und schwärmen in die Wüste aus, unzählig viele. Sie verschwinden in der Weite, als würden sie selbst zu Sand. Die Schüsse sind geräuschlos.

Diese Vision liess mich nicht mehr los, ebensowenig das Gefühl von den Ameisen, die in meinem Mund, den ich nicht öffnen kann, herumkrabbeln. Dadurch entstand bei mir, als der Krieg erst noch auf seinen Höhepunkt zutrieb, die Überzeugung, dass man allein im Delirium in der Lage ist, eine Aussage über diese Wirklichkeit zu machen, die sich jeglicher normalen Aussage widersetzt. *Ich legte damals noch Wert darauf, Aussagen über die Wirklichkeit zu machen. Inzwischen frage ich mich allen Ernstes, Herr Kawabata, ob ich mich geändert habe, und wenn ja, ob in die erforderliche Richtung.* Ich versuchte, diese Überzeugung in dem folgenden Aphorismus zusammenzufassen: „Die finstre Nacht ist die Wirklichkeit, der Tag eine Erhellung dafür." *Sie wissen natürlich nicht, dass ich mir diese Art von Aphorismen notiere, um damit zentrale, wesentliche und komplizierte Vorgänge kurz und prägnant wiederzugeben. Ja, kurz und prägnant.*

Lieber Herr Kawabata, ich habe immer davon geträumt, zum König über ferne Völker gemacht zu werden, um sie mit Gerechtigkeit zu regieren und im Dienst für sie aufzugehen. Ich träumte davon, zum Schiedsrichter zwischen Personen ernannt zu werden, die irgendwo auf der Welt miteinander Krieg führen, um ihnen ein Beispiel an Gerechtigkeit zu sein. Ich träumte davon, dass mein Vater mich mit in die Stadt nähme, wo ich Gesichter sehen könnte, die ich im Dorf nicht sah. In der Nacht, bevor ich ihn zum erstenmal zum Flughafen in Beirut begleitete, konnte ich vor lauter Aufregung nicht schlafen und stellte mir unablässig meine ungeheure Freude beim Anblick dieser vielen verschiedenen Menschen vor. Und wie oft habe ich geträumt, alle Sprachen zu verstehen, um allen Menschen zuhören zu können!

Ich hatte immer eine Vorliebe für die Unschuld des Fremden, habe sie vielleicht immer noch. Bei mir bedeutete die Unvoreingenommenheit des Fremden immer Neutralität, tut es vielleicht noch immer. Darum mache ich Sie, Herr Kawabata, zum König, der zu werden ich träumte, und zum Schiedsrichter, dessen Entscheidungen man sich fügt, weil sie unparteilich sind. Und ich nehme Sie bei der Hand, um Sie kreuz und quer durch mein Land zu führen. Ich schätze besonders Ihren Namen in der Form, wie wir Araber ihn übernommen haben. Er klingt in unserer Sprache einfach und flüssig, ja, fast vertraut. Ausserdem, waren nicht Sie es, der den Roman *Der Meister* verfasst hat, einen Roman, der mir sehr nahe gegangen ist, da ich tiefe Sympathie für den alten Meister empfand, in dessen Art zu spielen ich gern die Weisheit und die ehrwürdige – *ich meine alte* – Geschichte Japans sehen möchte. Das übrigens, obwohl ich überhaupt nicht von seinem intellektuellen Standpunkt überzeugt bin, wie er sich in der Art seines Spiels offenbart. Ausserdem wünschte ich mir, wie Sie einen Roman zu verfassen, in dem ich mittels eines alltäglichen Vorfalls über den Zusammenprall zwischen dem Zeitgeist, ich meine die bedrohliche Herausforderung der Moderne, und den einfachen Menschen auf der Welt, in denen ich die Tradition verkörpert sehe, reden könnte. Und auch das, obwohl ich, bei aller gewiss vorhandenen Wertschätzung, durchaus nicht mit ihrer Art des Romanaufbaus einverstanden bin.

Lieber Herr Kawabata, erlauben Sie mir, Raschîd, dem Erzähler und Gegenstand der Erzählung, eine Bemerkung, die sich nicht an Sie richtet, da das für Sie nichts Neues ist, sondern an einen potentiellen anderen Leser, der dieses Schreiben in die Hand bekommen könnte: Ich bin Raschîd, der zu Herrn Kawabata spricht, dagegen überhaupt nicht Raschîd der Verfasser. Mich verbindet mit dem Verfasser, dass er mich geschaffen hat. Wobei ich zugebe, dass ich ihm weitgehend untergeordnet bin. Aber Vorsicht, diese Unterordnung ist beileibe nicht total, sondern nur partiell und relativ, und durch diese partielle und relative Unterordnung unterscheide ich mich von ihm immens. Nehmen wir ein Beispiel! Gibt es einen geringeren Unterschied als denjenigen zwischen einem m und einem n, der ja aus nichts anderem als einem Häkchen besteht? Aber gerade dieses Häkchen macht das m zum Symbol für einen völlig anderen Laut als es das n ist und macht die Nacht zur Macht. Ein Weiteres kommt hinzu: Im gleichen Mass, wie ich das

Produkt der Phantasie des Autors bin, ist er das Produkt meiner Loslösung von ihm. Ich bin sein Spiegel. Der Einfluss verläuft also nicht nur in eine, sondern in zwei Richtungen, und wer über den Autor zu Gericht sitzt, weil er mich geschaffen hat, muss auch über mich zu Gericht sitzen, weil ich ihn geschaffen habe. Doch wer hätte dazu den Mut!? Wer hätte den Mut, über mich zu Gericht zu sitzen? Wer könnte etwas ausrichten gegen das Blau des Himmels? Reiche sind untergegangen, weil sie sich nicht gescheut haben, über einen Autor wegen des Produkts seiner Phantasie zu Gericht zu sitzen. Derweil erhob sich dieses Geschöpf, geflügelt, in die Luft und schwebte wie ein Geist über dem Grab seines Vaters, Rache für ihn fordernd. Riesenreiche sind gefallen, weil sie nicht begriffen haben, dass das Ei nicht das Huhn ist. Das letzte Beispiel dafür ist die Sowjetunion, der Traum vom Beginn dieses Jahrhunderts. *Ich frage mich aufrichtig, Herr Kawabata, an welchem Punkt diese Aussage richtig ist. Ich frage mich auch, ob es möglich ist, dass der Mensch sich nicht bemüht, seiner Zunge freien Lauf zu lassen.*

Herr Kawabata, ich hege keinerlei Zweifel, dass bei Ihnen, je mehr ich erzähle, desto mehr der Wunsch wächst, mir zuzuhören. Denn obwohl Ihr Stil beim sprachlichen Aufbau auf das Ende hindrängt, wie die Architektur, die sich um eine abgeschlossene Form bemüht, ist Ihr Geist zweifellos offen für andere Eindrücke. Ausserdem liegt es in Ihrer Art, den Problemen und Leiden anderer zu lauschen. Den Leiden! Wir Araber finden es natürlich, unsere Leiden zum Ausdruck zu bringen, sind wir doch Völker, die die Zeit unterdrückt und erniedrigt hat, deren Ehre geschändet und deren heilige Dinge entweiht wurden. *Was übrigens auch anderen geschah, Griechen, Portugiesen, Türken, und so weiter und so fort.* Nun ist zwar die Literatur bei uns ein Spiegel der Epoche und der Gesellschaft, doch dominiert in unseren Literaturen – besonders in der Poesie – die Traurigkeit, ja, bisweilen dominieren die Tränen. *Ob es wohl diese Tränen sind, die unsere Literaturen daran hindern, in die Tiefen ihrer Themen vorzudringen, da ja, wie die alten arabischen Wörterbücher feststellen, allzu grosse Traurigkeit den Menschen ausserstande setzt, klar und intelligent zu verstehen und zu denken.* Nein, ich verspreche Ihnen gleich zu Beginn, dass Sie von mir keine Tränen sehen und keine Klagen hören werden und dass ich Ihnen nicht meine Leiden präsentieren werde. Ich werde nicht über die schlimmen Verhältnisse lamentieren, in die ich im Lauf der Zeit geraten bin, nach dem Vorbild jenes Songs darüber, dass die Welt mich ausgestossen hat, da ich ein junger Prinz noch war. Ich werde mich auch nicht erheben wider Tyrannei und Unterdrückung und Sie mit den Leiden dieses Volkes belästigen, das unter den Stiefeln reaktionärer Systeme, der Agenten des Kolonialismus und Imperialismus und der neuen Kreuzzügler zertreten wird. Nein! *Was ich wohl mit dem Nein meine, Herr Kawabata?* Ich verspreche es Ihnen, und ich werde versuchen, mein Versprechen zu halten. Es zumindest versuchen!

Jetzt möchte ich Sie bitten, Herr Kawabata, einmal alles andere zu vergessen und Ihre ganze Aufmerksamkeit meinen Worten zu schenken. Ich werde nämlich direkt zum Wesentlichen kommen, das heisst zu etwas, das Sie genauso angeht wie mich. Die letzte Entscheidung, die Sie in Ihrem Leben getroffen haben, ist dafür ein beredter Beweis. Also, ich trage ein Leiden mit mir herum, dessen Ursprung ein paar Meter, ein paar Meilen oder ein paar Generationen zurückreicht! Ich wiederhole das, denn vielleicht waren Sie ja gerade nicht ganz bei der Sache: Also, ich trage ein Leiden mit mir herum, dessen Ursprung ein paar Meter, ein paar Meilen oder ein paar Generationen zurückreicht! Ich rede nicht von irgendeinem Organ meines Körpers. Mein Gesundheitszustand ist beneidenswert gut. Auch an irgendeiner psychischen Krankheit leide ich nicht. *Sie wissen zweifellos, wovon ich rede; eigentlich unnötig, das zu erklären; es ist nur für alle Fälle.* Es geht also nur darum, Ort und Zeit meines Schmerzes zu bestimmen. *Seit einem Augenblick spüre ich, dass Sie begonnen haben mitzugehen. Habe ich Ihnen nicht gesagt, dass die Sache Sie genauso angeht wie mich?* Wo und wann tritt also dieser Schmerz auf? Aus welcher Richtung bricht er hervor? Aus der Vergangenheit oder aus der Zukunft? Oder sowohl als auch, wenn diese beiden sich in Richtung Gegenwart bewegen. *Die Vergangenheit, Herr Kawabata, bewegt sich nämlich ebenso auf die Gegenwart zu wie die Zukunft; die Gegenwart ist Zukunft und Vergangenheit der gesamten Zeit.* Die Zukunft nun ist Sache der Prophetie, und ich bin weit davon entfernt, ein Prophet zu sein. Andrerseits, über die Vergangenheit zu reden, davon bin ich überzeugt, ist genauso schwierig, wie über die Zukunft zu reden. Sie brauchen sich nur die Meinungsverschiedenheiten unter den Religions- und Konfessionsgruppen im Lande über die Ereignisse anzuhören, die wir hinter uns haben, über die Dinge, die herumerzählt wurden, über das Blut, das geflossen ist und weiterhin fliessen wird. *Letzteres ist keine Prophezeiung, sondern nur eine Folgerung aus einem einfachen Analogieschluss. Einem Analogieschluss!* Diese Meinungsverschiedenheiten über den Willen Gottes in diesem Universum, das er geschaffen hat? Sie dürfen in meinen Äusserungen keine Geringschätzung der Rolle der Historiker und der Historie sehen. Jeder hat seine Aufgabe. Die Erde dreht sich schliesslich mit uns allen, und bei jeder Drehung, Herr Kawabata, fordert die Rotation ihre Opfer. Es gibt also – Sie werden mir da sicher zustimmen – nichts als das Gedächtnis, ich meine, mein persönliches Gedächtnis. Mein Gedächtnis ist mir fester Halt, ist mir eine über jeden Zweifel erhabene Stütze. Ich, Herr Kawabata, verfüge über ein Gedächtnis, mit dem ich, wenn ich wollte, die Tönung jedes Tages, den ich erlebt habe, zurückholen könnte, vom Augenblick meiner Geburt, ja sogar schon vorher, bis heute. Das ist eine ungeheure Gnade!

Ich erinnere mich. Der Winter war ephemer in unserem schönen Land, damals, als ich noch klein war. Dann, mit fortschreitender Zeit und fortschreitendem Alter, hat er sich festgesetzt und nimmt heute fast das halbe Jahr ein.

Ich erinnere mich. Das Klima war warm und angenehm in unserem schönen Land, der Sommer eigentlich immerwährend. Unser Haus, das war Geborgenheit. Je weiter ich mich davon entfernte, desto grösser wurde die Verunsicherung, und erschreckende Meldungen erreichten uns nur aus fernen Ländern. Provisorischen Ländern. Was in jenen Tagen hätte zum Ursprung meines Leidens werden können? Ja, ich erinnere mich.

Warum, Herr Kawabata, können wir einfachen Leute oder wir einfacheren der besseren Leute nicht ohne Nostalgie über die Vergangenheit reden? Warum reden wir nicht einfach neutral, fast hätte ich, wenn da nicht diese Vorsicht wäre, objektiv gesagt. Ist denn die Vergangenheit unter allen Zeiten die stärkste, ja eigentlich die einzige Gegenwart?

Erst als ich schon etwas älter war, Herr Kawabata, ist mir aufgefallen, dass mein Vater gar nicht zugegen war, als unsere grossen Helden heimlich aus dem Exil zurückkehrten! Er war an jenem Tag noch nicht einmal geboren, ja, seine Eltern hatten noch nicht einmal geheiratet! Aber er erzählte den Vorgang immer, als wollte er mich davon überzeugen, dass selbst ich dabei gewesen sei. Hören Sie mal, wie das klang: Nachdem der Bey lange fort gewesen war, wurde eines Nachts, als alle schliefen, Abu al-Badawi durch Schritte geweckt; er konnte gar nicht glauben, was seine Ohren da vernahmen: Es waren die Schritte des Bey, er kannte sie. Er lauschte aufmerksam, sie waren es. Er folgte ihrem Klang, sie kamen näher, gingen Richtung Kirche. Da lief er barfuss hinaus und zog, noch bevor er auch nur ein einziges Wort an ihn gerichtet hatte, am Glockenstrang. Wenige Minuten später waren der Kirchplatz und die umliegenden Gassen vollgestopft mit Menschen. Ich war fest davon überzeugt, Herr Kawabata, dass mein Vater bei dem Vorfall zugegen war, bis ich einmal zufällig eine simple Rechenaufgabe vornahm: Der Bey floh lange vor dem Ende des 19. Jahrhunderts aus seinem Exil in Italien, während mein Vater, wie er mir einmal erzählte, kurz vor Beginn des Ersten Weltkriegs im Jahr 1914 geboren ist. Er war also nicht dabei!

Ich weiss, Herr Kawabata, Menschen brauchen eine Illusion oder einen Mythos oder eine Religion oder dergleichen. Ich weiss das, aber … Aber eine simple Rechenaufgabe beweist mir, dass er nicht dabei war! Sie beweist es!

Hören Sie nur, ich erinnere mich. Sie – *und Sie gestatten, dass ich Ihnen den Grad unserer Verwandtschaft nicht verrate* – flüsterte ihm zu: Geh, bevor die Fleischer aufstehen. Sie rief mich allemal, neben ihr zu schlafen, bevor er sich auf der anderen Seite ausstreckte, damit, wenn ein Ehemann, ein Verwandter oder ein Nachbar sie überraschte, ich die Begründung für alles sei: Bewegung oder Laut. Sie lockte mich mit Geschenken. Und ich musste, kaum in ihr Bett gekrochen, einschlafen. Ich habe das Geheimnis nur meiner Schwester offenbart, die später nach vielerlei Hin und Her mit seinem Sohn verheiratet wurde. Sicher, ganz sicher kommt dergleichen nur sehr selten vor, und es handelt sich dabei um eine Abirrung vom gesunden normalen Weg. Aber unsere unmittelbaren Vorfahren und deren Nachkommen, Herr Kawabata, haben ihr Leben damit zugebracht, sich überall im Ort an den Strassenecken aufzulauern, um einander in einem Teufelskreis von Blutrache umzubringen. Und das Blut der Talio versickert nie, besonders wenn die politische Führung sich ihrer bedient und an ihr festhält.

Lieber Herr Kawabata, ich bin Maronit. *Das heisst, ich bin in eine maronitische Familie hineingeboren und in einem maronitischen Milieu aufgewachsen.* Ich liebe Ziegenmilch und die altehrwürdigen Bäume in den Bergen: Zedern, Pinien und Eichen. Mein Herr, diese Information wäre wertlos, wenn es nur um persönlichen, individuellen Geschmack ginge. Viele Muslime, Sunniten wie Schiiten, lieben Ziegenmilch und die Bäume in den Bergen. Und vielen Maroniten und Christen im allgemeinen bedeuten weder die Ziegenmilch noch die Bäume in den Bergen etwas, und sie haben auch die Berge nicht lieber als Küste, Meer oder Wüste. Doch die Symbole lassen irgendwann einmal das, was mit ihnen symbolisiert wird, hinter sich und fliegen mit eigenen Flügeln. Die Ziege beispielsweise ist das Tier der schwer zugänglichen Berge, und in solchen bin ich geboren und aufgewachsen. Und die uralten Bäume, die schon lange Wind und Wetter trotzen, sind ein Sieg, wenn auch nur ein vorläufiger, über die Zeit. Sie haben zweifellos von den Zedern gehört, die Tausende von Jahren alt sind. Sie stehen auf jenen Bergen, wo ich geboren und aufgewachsen bin.

Meine Mutter erzählte mir, dass die – wie man heute in der Stadt sagen würde – unwegsamen Bergpfade ihren Füssen zusetzten und dass die Kraft des Windes sie eines Tages von der einen Seite eines Wadis auf die andere getragen habe, auch dass sie im Alter von sechs oder sieben Jahren, nachdem ihre Mutter nach Amerika ausgewandert war – *es war durchaus üblich in jenen bitterarmen Tagen, dass unsere Frauen auch ohne ihre Ehemänner auswanderten, um zu arbeiten* –, die Verantwortung für den Haushalt plötzlich in ihre Hände gelegt sah, zusätzlich zu ihrer Aufgabe, ihrem tief unten im Tal oder hoch oben auf den Bergen arbeitenden Vater und ihrem ältesten Bruder das Essen zu bringen.

Zum Vergleich mit unserem heutigen, noch immer bescheidenen Leben erzählte sie, dass ihr Vater diesen Bruder einmal vor Tagesanbruch hinter der Ziegenherde hergeschickt habe. Das sei im Oktober oder November gewesen, einer Zeit, in der bei uns die Berge häufig im Nebel liegen. Vor Sonnenaufgang, nachdem der Vater schon aufs Feld gegangen war, sei ihr Bruder zurückgekommen und habe ihr erzählt, ein Wolf hätte die Herde angegriffen und einige Tiere gerissen, die anderen zerstreut. Er habe Angst gehabt und nicht gewusst, was tun, und wäre auch gar nicht in der Lage gewesen, im dichten Nebel die Herde zusammenzutreiben. Er solle das niemandem erzählen, sagte sie und ging mit ihm zurück auf die kahlen Höhen, wo sie den ganzen Tag damit verbrachten, hinter der zerstreuten Herde herzulaufen, bis sie alle ausser zwei Tieren zusammengebracht hatten. „Keine Sorge", tröstete sie ihn, „ich werde es Vater schon beibringen." Meine Mutter heiratete, nachdem ihre Mutter mit den Früchten zehnjähriger Arbeit aus Amerika zurückgekehrt war.

Herr Kawabata, ich sagte Ihnen schon und ich wiederhole es mit Nachdruck: Ich kann Ihnen die Tönung jedes einzelnen Tages, den ich erlebt habe, bestimmen. Ich würde sogar noch weiter gehen und sagen, jeder einzelnen Nacht, die an meinen Augen vorübergegangen ist, und dies seit fünfzig Jahren, also der Gesamheit meiner Lebensjahre. Ich kann verstehen, dass ausser Ihnen das niemand glaubt. Nein, ich kenne wirklich niemanden ausser Ihnen, der sich dazu bereit fände: mir zuzubilligen, dass ich meine Erinnerung Augenblick für Augenblick zurückholen kann, als stünde ich vor einem Buch, in dem ich nach Belieben blättere.

Herr Kawabata, Sie wissen jetzt, warum ich mich an Sie wende und nicht an irgendeinen meiner arabischen Landsleute. Ja, ich frage mich mitunter, was wäre, wenn Sie nicht gewesen wären, wenn es Sie nicht gegeben hätte – und der Gedanke macht mir angst. Haben Sie mich etwa nicht durch die letzte Tat in Ihrem Leben erlöst? Ausserdem wissen Sie vielleicht, dass die Tatsache, dass meine arabischen Landsleute mir keinen Glauben schenken, nicht daher rührt, dass sie vom Vorzug oder der Notwendigkeit des Vergessens um des Fortschritts willen überzeugt wären; im allgemeinen nähren sie sich ja von der Erinnerung, der grossen Erinnerung, basierend auf der Vorstellung, dass wir Araber einst die Herren der Erde waren. Deshalb ist der Neubeginn ein Thema, um das sich der politische Diskurs im allgemeinen dreht, und ebenso die Literatur. Meine Landsleute kennen die Zukunft genau, weil sie deren Bild in sich tragen – es ist die Vergangenheit, wie sie sie zu sehen belieben, wie sie sie gern gehabt hätten. Wenn diese Landsleute sich mit einem Problem konfrontiert sehen, so sind dessen Ursachen sofort bekannt. Und wenn sie an etwas leiden, so ist es die Bitterkeit, Resultat ihrer Unfähigkeit, ihre klarumrissenen Wünsche zu erfüllen. Nur das Leiden, von dem ich Ihnen erzählt habe, gehört nicht dazu.

Ich bin völlig einverstanden mit denen, die behaupten, mein Fall sei ein ungewöhnlicher. Aber Sie, Herr Kawabata, gehören ganz sicher nicht zu denen, die einen Fall, irgendeinen Fall wegen seines ungewöhnlichen Charakters für krankhaft halten. *Bei uns Arabern gibt es noch keine Heilanstalten für sogenannte psychische Krankheiten.* Wieso weckt eigentlich das Ungewöhnliche Argwohn? Wieso glauben mir meine arabischen Landsleute nicht, was ich über meine Fähigkeit, mich zu erinnern, sage? Warum haben sie die Tendenz, nur die Massenware zu akzeptieren, das Einzelstück dagegen nicht? Wenn ich ihnen meine Beweise vorlege, bezeichnen sie meine Äusserungen als phantastisches Machwerk. *In solchen Augenblicken verstehe ich dann die Bitterkeit der Propheten.* Wie also könnte ich sie von der tiefverankerten Wahrheit überzeugen, dass ich mich an jeden Augenblick meiner Geburt erinnere, ja sogar an die Hochzeit meiner Eltern, auch an den Augenblick jener Begegnung, deren Resultat ich bin? *Sie werden gleich Weiteres erfahren, ich werde Ihnen die Einzelheiten dieses Vorgangs beschreiben, und Sie werden überrascht sein, dass irgendein vernunftbegabtes Wesen mir nicht glauben sollte.* Wie könnte ich meine Landsleute davon überzeugen, dass die Kraft der Erinnerung bei mir eine Gnade ist, die mir die Natur verliehen hat und die ich mich zu nutzen bemühe, um meinen Schmerz zu lokalisieren? Ja, wie könnte ich sie von der Existenz meines Schmerzens überzeugen und davon, dass es sich um einen Schmerz handelt, hinter dem alle anderen Schmerzen verschwinden.

Sie verstehen, Herr Kawabata, warum ich mich an Sie wende. Hören Sie: Mein Vater hat das Haus geerbt, in dem er selbst ebenso wie seine Geschwister geboren wurde, und in dem auch wir, alle seine Kinder, das Licht der Welt erblickten. In diesem Haus hat er auch mit seiner jungen Frau, meiner Mutter, seine Flitterwochen verbracht, und darin hatten zuvor schon die hochzeitlichen Festessen statt- gefunden, die seine Schwester, meine Tante, mit der tatkräf- tigen Hilfe einiger Nachbarinnen vorbereitete. Nach den Feierlichkeiten gingen die Gäste spät abends nachhause. Nur meine Tante blieb und räumte, unterstützt von der Mutter der Braut, Tisch und Geschirr weg. Mein Vater sass währenddessen auf einem Stuhl und schaute zu. Meine Tante zeigte meiner Mutter, wo alle Dinge ihren Platz haben. Es wurde Mitternacht, und sie, meine Tante, traf noch immer keine Anstalten zu gehen, sondern setzte sich auf einen Stuhl, um ein wenig auszuruhen, während meine Mutter dastand, als ob sie nicht dazugehörte, ratlos und verschüchtert. So blieben die drei, schweigend und sinnie- rend, noch eine lange Zeit, obwohl zwischen meinem Vater, dem jungen Ehemann, meiner Tante und den Nachbarn abgemacht worden war, dass meine Tante die ersten vier oder fünf Nächte bei den Nachbarn schlafen sollte. Was also war geschehen, und wie lange sollte sich das noch hinziehen? Sie blieben zu dritt noch eine lange Zeit, schweigend und sinnierend.

Das Haus bestand nur aus einem einzigen Raum. Das Klo war sowieso draussen, die Küche, bei schönem Wetter, vor der Tür. Sollten die drei so schlafen, eine verschüchtert stehend, die anderen beiden je auf einem Stuhl sitzend? Meine Mutter dachte an absolut gar nichts. Sie fühlte sich – es war ein sehr langer Tag gewesen – nur etwas abgespannt, nicht unangenehm, aber doch abgespannt. Nein sie erwar- tete wirklich nicht, dass mein Vater das Wort an sie richtete, irgend etwas zu ihr sagte. Zum Beispiel, sie solle sich setzen. Und mein Vater kam gar nicht auf die Idee, sie dazu aufzufordern. Es wäre an meiner Tante gewesen, hier etwas zu unternehmen, doch sie unternahm nichts. Wie eine Erlösung für alle erschien die Nachbarin, bei der meine Tante schlafen sollte, und erinnerte daran, dass es doch schon recht spät sei, dass sie, die Nachbarin, schlafen gehen müsse und dass die beiden Neuvermählten ganz sicher auch erschöpft seien. Zunächst widersetzte sich meine Tante und meinte, sie könne auch hier bleiben, das heisst im Haus ihrer Familie, das an ihren Bruder übergegangen war, doch schliesslich gab sie nach und ging, um zum ersten Mal in ihrem Leben anderswo zu schlafen, sie, die ein Jahr älter war als mein Vater.

Danach blieb mein Vater ebenso schweigend sitzen, wie meine Mutter schweigend stehen blieb. Mein Vater spülte sich nicht den Mund, auch meine Mutter nicht. Beide hatten sich am Abend zuvor am ganzen Körper gewaschen. Dann regte sich mein Vater. Er stand auf, näherte sich aber nicht seiner jungen Frau, sondern breitete das Bett auf dem Boden aus und setzte sich darauf. Meine Mutter hatte nicht den Mut, sich dem Bett zu nähern oder sich gar hinzulegen und sich von den Strapazen dieses langen Tages zu erholen. Sie setzte sich aber auf einen Stuhl weit weg vom Bett. So blieben sie, und als sie draussen gar noch Schritte hörten, vielleicht auch Geflüster, band das beide nur noch fester an ihren Platz. Die Tür war voller Löcher, und jedem, der wollte, war es ein Leichtes, alles zu beobachten. Ebenso stand es um die beiden Fenster. Und die Lampe, die von der Decke hing – es war die einzige im Haus – brannte.

Als sich die Schritte zu entfernen schienen, hätte meine Mutter gern meinem Vater gesagt, er solle sich hinlegen und schlafen, weil sie doch nicht schlafen könne. Aber sie brachte kein einziges Wort heraus. Sie sass da mit verschränkten Armen, schaute meinen Vater jedoch weder direkt noch verstohlen an. Sie vermutete lediglich, er sitze dort. Auch mein Vater war nicht imstande, auch nur ein einziges Wort zu sagen. Das blieb so, bis das erste Morgenlicht durchbrach und beide einnickten, sie auf dem Stuhl, mit dem Rücken gegen die Wand gelehnt, er mit der Schulter auf dem Bett, aber immer noch in Sitzhaltung. Meine Mutter schlug als erste die Augen auf und erhob sich. Danach öffnete auch mein Vater die Augen, und sein Blick fiel sofort auf die brennende Lampe. Er wies mit der Hand zum Schalter, meine Mutter ging und löschte das Licht.

Ich erinnere mich genau. Meiner Mutter wäre nie so etwas in den Sinn gekommen, wie es mir als Junge von meinen Kameraden zu Ohren kam. Ich kann mich nicht daran erinnern, dass mein Vater jemals, wie andere neuverheiratete Männer, im baumwollenen Unterhemd aus dem Haus ging, um im Laden zwei Bananen (eine für meine Mutter und eine für sich selbst) oder etwas anderes Essbares mit aktivierender Wirkung zu kaufen. *Und wenn ich sage, ich kann mich nicht erinnern, Herr Kawabata, so bedeutet das, dass es nicht geschah.* Aber an etwas anderes erinnere ich mich, dass mein Vater mich nämlich einmal – ich war damals sechs Jahre alt – schlug, als ich es überhaupt nicht erwartete. Ich zog an der Tür, um sie aufzumachen, aber sie ging nicht auf. Ich zog kräftiger, aber sie sperrte sich noch immer. Schliesslich hätte ich sie fast aus den Angeln gerissen, denn daran, sie könnte von innen verschlossen sein, hatte ich überhaupt nicht gedacht. Warum auch, wo das doch nur höchst selten geschah. Unsere Haustür wurde nur alle Schaltjahre einmal mit dem Schlüssel abgeschlossen. Doch plötzlich, während ich noch vergeblich zog, ging die Tür auf, und mein Vater erschien in voller Grösse; in der rechten Hand hielt er ein Stück Brot mit Zucker darauf, mit der linken schlug er mir ein-, zweimal ins Gesicht.

Was ich in jenem Augenblick empfand, sollte ich später Ungerechtigkeit nennen, noch später manchmal auch Repression. Danach ging ich nicht gleich ins Haus hinein. Ich kam erst Stunden später zurück, als es dunkel wurde. Und ich erinnere mich genau, dass ich an jenem Abend nichts ass.

Mein Herr, meine älteren Kameraden behaupteten, man tue das bei Nacht, wenn alle schlafen. Der Mann schleiche sich leise und vorsichtig heran, um jeden Lärm zu vermeiden, und krieche zu der Frau ins Bett, aber ... Aber ich, Herr Kawabata, wie sollte ich ihren Behauptungen Glauben schenken? Unser Haus bestand – wie die meisten anderen Häuser auch – aus einem einzigen Raum, in dessen Mitte meine Mutter das Bettzeug ausbreitete. Darüber legte sie zwei Decken, und darauf schliefen wir, sie in der Mitte, ich links, meine Schwester und mein kleiner Bruder rechts von ihr. Das war damals, als ihr Bauch sich über einem Baby wölbte – einem Jungen, so hoffte man. Mein Vater dagegen schlief auf einem richtigen Bett längs der Wand an unserem Fussende. Und für meine Tante hatte mein Vater nach seiner Hochzeit mit eigener Hand ein Zimmerchen auf dem Dach gebaut.

Meine Kameraden hatten noch eine weitere Version parat. Danach gibt der Mann, wenn alle schlafen, der Frau ein Zeichen, worauf sie leise und vorsichtig, damit es niemand merkt, aufsteht und sich zum Mann ins Bett schleicht. Dort fingern sie aneinander herum und stossen, von einer seltsamen Kraft beseelt, Laute aus, die so kräftig und so seltsam sind, dass alle anderen aufwachen. Deswegen würden sich beide ein Handtuch zwischen die Zähne schieben und darauf herumbeissen, bis alles vorbei ist. Weil das aber anstrengend sei, würden sie manchmal, ohne es zu wollen, einschlafen, und am Morgen überrasche man sie dann im selben Bett miteinander.

Mein Herr, als ich noch klein war, hatte ich bei Nacht oft Angst, und horchte auf alles, was vor sich ging, besonders draussen und im Sommer, wenn die beiden Fenster offen standen. Durch sie hindurch betrachtete ich lange die Sterne und lauschte gleichzeitig den Geräuschen von all dem Getier, das im Dunkeln aktiv war, den Füchsen und den Fröschen und den Kakerlaken und anderen Wesen, deren Name und Aussehen mir unbekannt waren. Sogar die Vögel liessen manchmal mitten in der Nacht Geräusche vernehmen, die denen glichen, die sie bei Tage ausstiessen und die wir Gezwitscher nannten. Bei Nacht hörte ich manchmal auch die Stimme einer Frau, die durch tausend Decken und tausend Türen drang, und ich fragte meine Freunde, ob sie das auch gehört hätten, doch sie verneinten. Einer versuchte, wach zu bleiben, um meine Behauptung zu überprüfen, doch er schlief ein.

Einmal überredete uns einer, der älter war als die anderen, gemeinsam wach zu bleiben, um diesen Lauten zu lauschen. Der Sommer war schön und der Himmel klar, und der Ort unseres Zusammentreffens war ein von seinen Bewohnern schon seit geraumer Zeit verlassenes Haus. Das Dach war eingebrochen, ebenso der obere Teil der Wände. Irgendwann in der Nacht – keiner von uns hatte eine Uhr dabei – schien es mir, als hätte ich einen schwachen Laut gehört, jener Stimme ähnlich, auf die wir warteten. Ein leises Stöhnen, ein rhythmisches Keuchen, zwei Lippen aufeinander. Unsere Körper waren noch ganz am Anfang, kein Haar, keine Flüssigkeit. Wir blieben, bis uns das Morgenlicht überraschte, schlichen nachhause, bevor unsere Familien aufwachten, krochen ins Bett und taten so, als hätten wir die ganze Nacht über fest geschlafen.

Nein! Meiner Mutter wäre so etwas nie in den Sinn gekommen. Ich erinnere mich. Einmal spielten wir einige Meter vom Haus entfernt, in dieser engen Gasse im Viertel – *ich empfand sie damals nicht als eng* – zwischen den Häusern aus groben Steinen. Da hörten wir dieses ungeduldige Klopfen an der Tür und hielten beim Spielen inne. Es war meine Tante, die – wider alle Gewohnheit – mit der Faust an die verschlossene Tür klopfte. Ihr Gesicht und ihr Hals waren rot angelaufen. Als ihr niemand öffnete, versuchte sie, die Tür mit Gewalt aufzumachen. Ihre Hartnäckigkeit war mir unverständlich. Mehrere Minuten lang schlug sie auf diese Weise an die Tür, gab nicht auf, sondern wurde immer heftiger. Sie rief ihren Bruder auf eine Art, die man fast schon als Schreien bezeichnen musste, und wollte wissen, warum er ihr nicht aufmache. Einige Minuten vergingen. Schliesslich nahmen wir an, sie habe aufgegeben, doch nein, nun versuchte sie, die Tür mit Gewalt aufzureissen. Sie zog an einem der beiden Türflügel, bis er sich ein wenig vom anderen trennte. Als sie nicht mehr konnte, liess sie ihn zurückschnappen und ging. Kaum war sie weg, kam mein Vater in seinem weissen Baumwollhemd heraus. Er schaute nach rechts und nach links, rief seine Schwester und erkundigte sich, noch bevor er sie sah, was sie wolle. Plötzlich tauchte sie hinter dem Haus wieder auf und fragte, auf die Tür zugehend, wütend, warum er ihr nicht aufmache und den ganzen Tag schlafe. Als mein Vater nichts erwiderte, verschwand sie im Haus.

Wir, meine Kameraden und ich, hatten, durch den Vorgang abgelenkt, beim Spiel innegehalten. Und ich brauchte meine Kameraden nicht einmal anzuschauen, um zu wissen, dass sie überrascht waren und staunten. Noch lange nach diesem Vorfall, Herr Kawabata, fragte ich mich seltsam berührt, warum mein Vater eigentlich stumm geblieben war, wo er doch, wie immer an Tagen, wenn er nicht zur Arbeit ging, seinen Mittagsschlaf gehalten hatte. Und meine Mutter? Was machte meine Mutter während all dieser Zeit? Vergrub sie ihren Kopf unter der Decke im Bett, um nichts zu sehen und nicht gesehen zu werden? Oder schämte sie sich, im Bett zu bleiben, stand auf und ging durch die hintere Tür ins Bad hinaus, um den Eindruck zu erwecken, sie wasche sich oder sitze auf dem Klo? Jedenfalls kam meine Tante ruhig wieder aus dem Haus, so ruhig wie jemand, der nach einem langen Mittagsschlaf an einem Sommernachmittag aufgewacht ist.

Mein Herr, nachdem meine Eltern ein Jahr verheiratet waren, brachte meine Mutter ein Mädchen, meine ältere Schwester, zur Welt. Ein Jahr später wurde ich geboren. Als eine der Frauen aus dem Haus kam, um meinem Vater die Geburt des Mädchens mitzuteilen, zeigte er keine Überraschung: Die Geburt war nämlich relativ glatt verlaufen, und ausserdem habe er – er war, sichtlich nervös, vor dem Haus auf und ab gegangen – schon die Stimme gehört. Wichtiger als all das war aber seine Ahnung: Schon einige Zeit hatte er vermutet, es werde ein Mädchen, und als er die Hebamme holte, hatte er zu ihr gesagt, sie brauche sich nicht zu beeilen, es werde ja doch ein Mädchen, worauf die Hebamme erwiderte, er sei wie drei Viertel aller Männer und müsse immer schwarz sehen.

Als meine Mutter zum zweitenmal schwanger war, konnte er sein Glück kaum fassen, und voller Ungeduld erwartete er die Erfüllung seines eigentlichen Wunsches – einen Jungen, mich. Er war sicher, diesmal würde meine Mutter einen Jungen zur Welt bringen. Ja, so sicher war er seiner Sache, dass er mich schon drei Monate vor meiner Geburt ins Personenstandsregister eintragen liess. Ich bin in Wirklichkeit Ende März geboren, laut meiner Identitätskarte aber Anfang Januar. Mein Vater hatte zu jener Zeit nichts zu tun. Es war winterlich kalt, und er benutzte die Gelegenheit, mich von seinem Freund, der im zuständigen Amt tätig war, registrieren zu lassen. Warum auch nicht, meinte der Freund, schaffen wir vollendete Tatsachen: Raschîd, wie sein Onkel, der kinderlos in Amerika gestorben ist. Mein Vater war einverstanden.

Herr Kawabata, an dem, was ich Ihnen hier berichte, brauchen Sie nicht das geringste Quentchen Zweifel zu hegen. Es ist die reine Wahrheit. Hören Sie!

Meine Geburt erfolgte an einem der letzten Märztage am späten Vormittag. Ich nenne Ihnen weder den genauen Tag noch die genaue Stunde, da das damals anders gehandhabt wurde als heute, mit dieser Registrierung der Geburt unter Angabe von Minute, Stunde, Tag, Monat und Jahr. All das spielte keine Rolle. Ich erinnere mich, dass mich irgend etwas in Richtung frische Luft schob. Gleich darauf stiess mein Kopf an ein zwar weiches, aber festes Hindernis. Dann drückte etwas auf meine Stirn und den ganzen Kopf. In diesem Augenblick spürte ich, ganz oben, zum erstenmal die Kälte. Darauf drückte dieses Etwas auf meine Augen, meine Nase, meinen Mund, danach auf meinen ganzen Körper. Aber die Phase des Kopfes war die schwierigste. Je weiter ich hinausrutschte, desto stärker spürte ich die Kälte, und ich sah ... Ich sah, während ich in diese Welt eintrat, alles, auf das mein Blick fiel. Ich sah es in greller Klarheit, auch wenn die einzelnen Dinge in jenem Augenblick keinen Namen hatten. Ich sah im matten Licht zwei gespreizte, angespannte, nackte Schenkel; sie waren am Knie angewinkelt. Und ich hörte ... Ich hörte die Frau, die mich in Empfang nahm. „Ein Junge!" rief sie, und das in einem Ton, dessen Bedeutung ich erst später verstand. Meine Mutter hatte scheckliche Angst gehabt, ein weiteres Mal ein Mädchen zur Welt zu bringen. Dann fügte die Hebamme noch hinzu: „Raschîd, Raschîd ist da!" Ich war überrascht, schon einen Namen zu haben. Kaum hatte ich den Leib meiner Mutter verlassen, die gequält schrie, da lag ich auch schon in einem Becken mit lauwarmem, leicht salzigem Wasser. Die neue Umgebung behagte mir, und ich streckte mich. Ich erinnere mich genau, dass ich über den Ortswechsel höchst erfreut war. Ich glaube, das Licht hat mir gefallen. Ich weiss noch genau, dass ich zuvor, im Leib meiner Mutter, immer gern ein bisschen Licht sah, das, ich weiss nicht wie, hereinkam. Dann sah ich eine Schere. Natürlich habe ich kräftig geweint. Aber nicht, weil ich traurig gewesen wäre. Deshalb hat es auch die Frauen nicht beunruhigt, die mich und meine Mutter umstanden. Ich erinnere mich, dass die Hebamme sehr saubere und sehr weiche Hände hatte. Sie hockte in einer Weise auf dem Boden, dass ich sehen konnte, was sie sonst allen ausser ihrem Ehemann verbarg, vielleicht sogar ihm. Man drehte mich ausgiebig in dieser klebrigen, bitteren, salzigen Flüssigkeit, von der Gerüche ausgingen, über die ich heute ganz vorsichtig sagen würde, dass sie unerquicklich waren. Dann wickelte man mich in saubere, weisse Tücher, dieselben, die bei der Geburt meiner Schwester benutzt worden waren und die meine Mutter auch unserer

Nachbarin auslieh, als diese ein Kind bekam. Schliesslich wurde ich meiner sehr erschöpften Mutter gereicht, die mich nachdenklich anschaute und ihre Hand leicht über mich gleiten liess.

Herr Kawabata, meine Mutter ist geboren und aufgewachsen, hat geheiratet und viele Kinder zur Welt gebracht, ohne irgend etwas von diesem Planeten, der Erde, zu wissen. Sie hatte nie gehört, dass die Erde rund ist, dass sie sich um sich selbst und um die Sonne dreht und dass seit Beginn der Rotation jede Drehung ihre Opfer fordert. All das hatte sie nicht gewusst, bis sie mich in die Schule schickte. Und ich habe geglaubt, was sie geglaubt hat, bis sie mich in die Schule schickte. Ich habe geglaubt, dass alles im Leben ist, wie es ist, ewig und unveränderlich, und dass die Harmonie der Erde mit den anderen Planeten bis ans Ende der Zeiten nie gestört werden würde. Auch dass das Ende aller Zeiten in Wirklichkeit gar keinen Endpunkt besitzt. Ich war überzeugt, dass die wenigen Kilometer Land, die das Libanongebirge vom Mittelmeer trennen – und die, wie wir in der Schule bald lernten, aus Erde bestanden, die die Regenfluten während Tausenden von Jahren hinabgewaschen hatten –, nicht länger und nicht kürzer, nicht höher und nicht niedriger würden. Dennoch war ich jeden Winter, wenn das Wasser nur trübe aus unserem Wasserhahn lief, beunruhigt, da der Regen offenbar noch immer Erde von den Höhen herabschwemmte, die Quellen trübe wurden und der Fluss rötlich bis zum Meer. Aber … Aber wie hätte ich meine Überzeugung ändern sollen? Nichts im Leben gab es, das nicht sorgfältig eingerichtet gewesen wäre. Und alles, aber auch alles deutete darauf hin, dass wir endgültig die Phase ewiger Festigkeit erreicht hatten. Nichts gab es, das nicht allein durch Seinen Befehl und Sein Walten geschah. Doch als mein Vater eines Abends ein Glas, das er mit Leitungswasser gefüllt hatte, hochhielt und es nachdenklich betrachtete, wie der Priester während der Messe den heiligen Kelch, bekam ich Angst, grosse Angst. Ich stellte mir viele Fragen und wäre froh gewesen, wenn mein Vater mit mir darüber gesprochen hätte. Ich hätte gern mit ihm darüber gesprochen, aber er rief meine Mutter, um sie auf das Problem aufmerksam zu machen, worauf sie zum Hahn eilte, einen Topf mit Wasser füllte und ihn auf den Spülstein stellte, bis sich der Schmutz abgesetzt hatte und wir das Wasser brauchen konnten.

In jener Nacht hatte ich einen Traum. Ein langer Zug, beladen mit Sand, zieht sich von der Küste bis auf die höchsten Berggipfel. Ganz oben wird der Sand ausgeladen und verteilt. Der Himmel ist klar, das Licht kräftig. Ich liege in einem Loch, das weder tief noch weit ist, gefüllt mit schwarzem Schatten. Ich trage nur Unterwäsche, eine Unterhose, die mir meine Mutter aus einem jener Mehlsäcke genäht hat, die die Vereinigten Staaten von Amerika nach den Ereignissen des Jahres 1958 als Nahrungsmittelhilfe in den Libanon schickten. Ich gleiche in diesem Loch dem Jesuskindlein, wie es auf einem Gemälde in der Kirche dargestellt ist. Auch ich liege ausgestreckt und hebe ein wenig den Kopf, wie der Halbmond. Ich warte auf meinen Grossvater, der aber nicht kommt. Viele Leute gehen vorbei, ohne mich zu bemerken; es ist unmöglich. Ich weiss, dass ich nicht in der Lage bin, allein das Loch zu verlassen. Und so bleibe ich ausgestreckt liegen, schweigend und angstvoll, und immer mehr Leute gehen vorbei.

Am nächsten Morgen war schönes Wetter, der Himmel klar und heiter. Ich stand auf, voller Hoffnung und Zuversicht. Alles, was mit der Farbe des Wassers vom Vorabend zu tun hatte, war wie weggewischt. Es war ja nichts anderes als Staub, den der Wind aus fernen Orten auf die hohen Berge trug oder der im Sommer und im Herbst von den Bäumen fiel. Auch das Gras war trocken, ebenso der Dung des Viehs, der Vögel und aller anderen Lebenwesen. Als ich aufstand, brachte ich den Mund wieder auf und fragte meinen Vater, ob die Berggipfel heute noch genauso seien wie bei seiner Geburt. Sie seien sogar noch genauso wie damals, als Gott sie schuf, versicherte er mir. Auch meine Mutter bestätigte, sie habe sie niemals anders gesehen.

Damals – am Tag, als unser Leitungswasser schmutzig war – wusste ich noch nicht, dass die Erde eine Kugel ist und sich dreht. Dass sie sich sogar um sich selbst und um die Sonne dreht. Das erfuhr ich erst später, in den folgenden Klassen. *Mein Vater war in keiner Weise verunsichert, als er mich in die Schule schickte – trotz der unablässigen beunruhigenden Gerüchte darüber, was die Kinder dort lernten.* In dem Augenblick, in dem der Geografielehrer uns das erzählte, beschleunigte sich mein Herzschlag und mein Gesicht veränderte seine Farbe. Ich wurde bleich und war drauf und dran, in Ohnmacht zu fallen. Der Lehrer merkte es, unterbrach seine Erklärung und fragte mich, was mir fehle. Als er sah, dass ich kein Wort herausbrachte, eilte er mir zu Hilfe und schickte einen Schüler, den Schulaufseher zu informieren und mir ein Glas Wasser zu holen. Als der Schulaufseher kam, war ich nahe am Ersticken und hatte das Bewusstsein verloren. Er tätschelte mich und begann, kräftig meine Schultern zu massieren, bis es mir wehtat. Mein Atemrhythmus verbesserte sich, und mein Bewusstsein kehrte nach und nach zurück, aber da kam dieses Glas Wasser, es war schmutzig. Wir befanden uns mitten im Winter, und seit Tagen hatte es ununterbrochen geregnet. Schnee war nicht nur auf den Gipfeln und den halbhohen Hängen, sondern auch weiter unten gefallen und hatte, mit andauernder und strenger werdender Kälte, fast die Küste erreicht.

„Ihr müsst am Morgen ordentlich frühstücken", mahnte mich der Lehrer, „müsst etwas Warmes trinken und etwas essen, wie in der fortschrittlichen Welt, im Westen – er meinte Frankreich, *seit der Unabhängigkeit des Libanon und dem Rückzug der französischen Truppen waren noch keine zehn Jahre vergangen.* Dort stehen die Menschen am Morgen rechtzeitig auf und nehmen, bevor sie zur Arbeit gehen, ein Frühstück zu sich, das aus Milch und Kaffee, aus etwas Butter, Marmelade und einigen Scheiben Brot besteht: Milch ist nämlich eine vollwertige Nahrung, Kaffee regt an, und Brot liefert ausreichend Kalorien." So frühstückt man dort! Ich zeigte nicht, wie traurig mich das machte und wie sehr ich mich schämte, ass ich doch gern am Morgen den Rest von dem, was meine Mutter am Vorabend gekocht hatte; ich ass auch gern ein zusammengerolltes Brot mit Saatar und etwas Olivenöl. So pflegte ich den Tag zu begrüssen. Aber der Fortschritt stellt seine eigenen Ansprüche, und es ist nicht leicht, eine fortschrittliche Gesellschaft zu werden. Doch wenn wir die Zähne zusammenbeissen, würden wir alle Schwierigkeiten meistern.

Ich habe niemandem verraten, dass meine Ohnmacht nichts mit meiner Gesundheit zu tun hatte, und niemand hat bemerkt, dass der Grund dafür emotionaler Art war, eine tiefe Erschütterung meiner gesamten Existenz: Mein Gott! Wie kann die Erde eine Kugel sein, die einfach so im Raum schwebt, von nichts getragen und an nichts aufgehängt? Wie kann die Erde sich mit hoher Geschwindigkeit um die

Sonne drehen? Hunderttausend Kilometer in einer Stunde! Ja, sogar noch achttausend Kilometer mehr! Also einhundertundachttausend Kilometer in einer Stunde! Wie wahnsinnig rast die Erde, und das mit einer unbeschreiblichen Präzision. Sie bewegt sich so schnell, dass man es sich kaum vorstellen kann. Und trotzdem hat sie am Ende eines Jahres nur eine einzige Umkreisung geschafft. Gleichzeitig dreht sie sich auch noch um sich selbst. Und all das, damit sich Jahres- und Tageszeiten abwechseln. Ja! Jetzt verstand ich: Die Erde war nicht das Zentrum des Universums, nicht die Achse der Bahnen der anderen Gestirne. Nichts stützte sie, und niemand trug sie, kein Mensch, kein Dschinn, und keinerlei Kraft. Der Himmel über ihr war kein hohes Gewölbe, die Sterne waren keine Lampen, aufgehängt am kristallenen Firmament; der Himmel besass gar kein Firmament, ja, es gab gar keinen Himmel! Es gibt keinen Himmel über der Erde. Die Erde ist eine Kugel, die einfach so im Raum schwebt, eines von vielen, ja unzähligen Gestirnen.

Mein Vater war in keiner Weise verunsichert, als er mich in die Schule schickte, trotz der unablässigen beunruhigenden Gerüchte darüber. Aber sein Standpunkt war klar, und sein Entschluss definitiv: Ich würde die Schule verlassen, sobald ich des Lesens und Schreibens mächtig wäre. Meine Mutter interessierte sich nicht für die Neuigkeiten, die ich aus der Schule mitbrachte. Für sie war ich nichts als ein kleiner Junge, der auswendig zu lernen hatte, was in Büchern stand, die wir von irgendwoher weit weg erhielten, Bücher, in denen Dinge standen, die Kinder wiederzukäuen hatten, damit sie ein Diplom erhielten. Und das Diplom war nichts anderes als der Schlüssel zu einer staatlichen Anstellung, bei der man sich keine schmutzigen Fingernägel holte. Eine staatliche Anstellung ist tausendmal besser als die Erde des Ackers. Damit die Erde etwas abwirft, muss man sich tausendfach abmühen, und wenn sie nichts abwirft, so werden die Tage sorgenschwer. Eine staatliche Anstellung dagegen wirft immer etwas ab. Wenn meine Mutter vor ihrer Heirat die Wahl gehabt hätte, so hätte sie sich einen Mann mit einer staatlichen Anstellung genommen, der an jedem Monatsende ein Salär mit nachhause bringt, und nicht einen Bauern oder Barbier, dazu noch in einem Dorf, oder Schreiner – oder die drei in einem, wie das bei meinem Vater der Fall war. Sie schämte sich nicht, mir einmal seinen Namen zu offenbaren – den Namen des staatlichen Angestellten, den sie sich genommen hätte, wenn … Und gleichzeitig legte sie mir, wie üblich, ans Herz, in der Schule fleissig zu sein. Dann schämte ich mich. Ich schämte mich oft und lange, Monate, vielleicht sogar Jahre – *vielleicht bis heute.* Schliesslich, mit der Zeit, verwandelte sich diese Scham in tiefe Trauer.

Am Tag, als sie mir das offenbart hatte, fragte ich sie, ob sie seinen Sohn mehr liebe als mich. Ihrer Antwort schenkte ich keine Aufmerksamkeit, denn was sie mir offenbart hatte, quälte mich furchtbar. „Warum küsst du ihn immer, wenn er mich besuchen kommt?" Ich verriet ihr nicht, dass seine Mutter mich nie küsste, wenn ich zu ihm ging. Dabei war es weniger die Scham, die mich davon abhielt als vielmehr der heisse Wunsch, meine Mutter möge ihn von ganzem Herzen hassen, auf eine Weise, so natürlich wie das Atmen, ja, sie möge alles hassen, was hätte verhindern können, dass ich ihr Sohn geworden wäre, und das auch zeigen. Ich wäre auch nicht damit zufrieden gewesen, hätte sie bloss darauf verzichtet, seinen Sohn zu küssen, nur um dessen Mutter blosszustellen oder sich wie diese zu verhalten. Wenn es doch so einfach gewesen wäre!

Meinen Vater mit seiner Unerschütterlichkeit liessen die Neuigkeiten aus der Schule zunächst unberührt. Er schien sie nicht zu hören. In Wahrheit vernahm er sie; ich war sicher, dass er sie vernahm, und zwar mit grossem Interesse. Mein Vater war immer gutmütig, aber nur wider Willen. Er war höchst geduldig, ich meine, es brauchte sehr lange, bis er explodierte. Aber schliesslich explodierte er doch. Sogar als er starb, war er zunächst höchst geduldig. Dann explodierte er und starb. *Als ich neben seiner sterblichen Hülle stand – er war mitten im Haus aufgebahrt, umgeben von Frauen, alle in schwarz – vergoss ich keine Träne. Die anderen, meine Geschwister und Verwandten, weinten mit gesenktem Haupt, während ich dastand und über fadenscheinige Sitten nachdachte, die jeder Bedeutung entleert waren. Danach begleitete ich die anderen nicht mehr, um den Toten zu beweinen. Auch nicht beim letzten Mal, kurz bevor man den Leichnam forttrug. Ich schaffte es nicht, die Rolle des Traurigen zu spielen, wo ich doch sicher zu wissen glaubte, dass er explodiert und dann gestorben war.* Mein Vater war schweigsam und geduldig, aber nur wider Willen. Seine Natur zwang ihn, lang geduldig zu sein, bevor er explodierte. Sich anders zu verhalten, lag nicht in seiner Macht.

Einige Jahre, nachdem ich erfahren hatte, dass die Erde kugelförmig ist und sich um sich selbst und um die Sonne dreht, tauschte mein Vater die traditionellen arabischen Hosen gegen europäische. Das war ein Jahr nach Gagarins Erdumkreisung. Dieser Hosenwechsel erregte Aufmerksamkeit und führte zu allerhand Gespött und Gewitzel, woraus mitunter Handgreiflichkeiten wurden. Doch brachte mein Vater uns nicht in Schwierigkeiten. Er verhielt sich weise und löste das Problem mit bemerkenswerter Bravour. Er bat den Schneider, der ihm die europäische Hose nähte, niemandem etwas davon zu erzählen. Dann wartete er auf den Montagvormittag, wenn die meisten Leute bei der Arbeit waren, und spazierte, angetan mit dem neuen Kleidungsstück, durch die Strassen. Am Nachmittag zog er es wieder aus. Das wiederholte er über mehrere Tage, dann behielt er diese Hose schliesslich auch am späten Nachmittag an, wenn die Leute in Erwartung des Sonnenuntergangs vor ihren Türen sassen. Dabei liess er keinen Weg unbegangen. Danach griff er auf die arabischen Hosen nur noch zurück, wenn er aufs Feld ging. Viele Male habe ich ihn zu überzeugen versucht, auch zur Feldarbeit die europäischen Hosen zu tragen! Ich habe ihm mit Vernunft und Logik näherzubringen versucht, das wäre bequemer für ihn. Doch er liess sich nicht überzeugen. Im Gegenteil, als er sah, dass mein Eifer nicht von selbst erlahmte, fuhr er mich an. Diese Haltung hat er bis zu seinem Tod nicht aufgegeben.

Unser Nachbar Sâdik leistete uns, meinen Kameraden und mir, am intensivsten von all denen Widerstand, die sich über die Neuigkeiten ärgerten, die wir aus der Schule mitbrachten. Er wartete immer auf uns, und einmal pro Woche, am Tag des Geografieunterrichts, suchten wir ihn auf, ausserdem sahen wir ihn auch sonst häufig, ja, sehr häufig und spontan. Sâdik machte sich zum Sprecher für sie. Sie. Die Alten, die ältere Generation, diejenigen, an denen die Zeit schon gezehrt hatte. *Diesen Ausdruck, Herr Kawabata, benutzte unser Lehrer häufig.* Glücklicherweise war der Geografieunterricht immer in der letzten Stunde jenes Tages, an dem wir uns mit Sâdik trafen. Und kaum hatte die Schulglocke geläutet, stürmten wir auch schon los.

Sâdik hob einen Fuss und stand dann nur auf einem Bein. Er tat so, als stünde er auf einem steilen Hang, einen Fuss oben, den anderen unten; dazu breitete er die Arme wie Flügel aus. „So also stehen wir auf der Erde", kommentierte er. „Müssten wir etwa nicht so stehen, wenn die Erde, wie ihr behauptet, wie eine Kugel wäre!? Warum also fallen wir nicht von der Erdoberfläche herab, wenn die Erde doch eine Kugel ist, die einfach so im Raum schwebt!? Fünfzig Jahre alt bin ich geworden, aber das Fenster meines Hauses, das nach Osten geht, ging nie, soweit ich sehen konnte, nach Westen. Wie also soll sich die Erde drehen!? Gott verfluche eure Schulen und eure Lehrer." – „Und die Anziehungskraft!?" – „Die Anziehungskraft! Möge Gott euch in die Hölle ziehen!" Weil unsere Debatten immer lauter und die Menschenmenge immer zahlreicher wurde, verjagte uns der Ladeninhaber, vor dessen Tür wir uns trafen, und verlangte von Sâdik und seinesgleichen, beruhigend auf uns einzuwirken. Als das nichts fruchtete und wir hartnäckig weiterdiskutierten, kippte seine Frau Wasser auf uns herab, worauf wir unter Riesengelächter wegliefen und dabei, Sâdiks Balancebewegungen nachahmend, so taten, als ob wir uns nur mit Mühe auf der kugelförmigen Erde hielten. „Wir können nicht mehr stehen, wir müssen uns ja drehen!" wiederholte Sâdik immer und hielt sich dabei die Hand auf die Stirn, schloss die Augen und tat, als kämpfte er gegen den Schwindel an und hielte sich nur mit Mühe auf den Beinen.

Dschamîl war der Eifrigste und Leidenschaftlichste von uns. Seine Leidenschaft ging mitunter so weit, dass er Sâdik an den Hosen packte, wodurch dieser das Gleichgewicht verlor und zu Boden fiel, was die Kameraden zum Lachen brachte. Als Dschamîls Mutter davon erfuhr, kam sie mit zornrotem Gesicht angerannt, warf einen Schuh nach ihrem Sohn, zeterte gegen ihn und tadelte Gott dafür, dass er ihm den Vater, ihr den Ehemann genommen hatte, der bei einem

Ausbruch interfamiliärer Kämpfe ums Leben gekommen war. Er hatte zu den Wortführern einer Familie gehört, weswegen ihn Feinde aus einer anderen Familie in einen Hinterhalt lockten und das Feuer auf ihn eröffneten. Er fiel tot um, noch bevor er seine eigene Waffe ziehen konnte, den Revolver, den er ständig bei sich trug. *Mein Vater legte uns immer ans Herz, wir sollten ihm nach seinem Tod seinen Revolver unter das Kissen legen, auf das sein Haupt gebettet würde, denn er traute nur ihm, sogar in seiner letzten Einsamkeit. „Sonst wäre es, als ob ihr mich nackt begraben würdet!"* Deshalb, weil er unglücklicherweise seine Waffe nicht mehr hatte benutzen können, wurde sie, gemäss seinem Wunsch, auch nicht unter das letzte Kissen gelegt, auf das man sein Haupt bettete. Mit diesem Beschluss wollte er sich strengstens für sein Unvermögen bestrafen.

Dschamîl rannte seiner Mutter davon, sie ihm hinterher, bis sie aufgab und nachhause zurückkehrte. Doppelt siegreich kehrte er zu uns zurück, um die Diskussion fortzusetzen. Auch Dschamîl wurde umgebracht. Wir sassen in der Schule, als Bewaffnete ins Klassenzimmer kamen und ihn namentlich aufriefen und hinausführten. Als er ging, war er kreideweiss, aber er sagte kein Wort und war auf eine Weise beherrscht, die ich nie vergessen werde. Der Lehrer folgte ihm, kam aber rasch wieder, völlig verstört. Während der folgenden halben Stunde versuchte er, uns zu beruhigen. Dann hörten wir einen einzigen Schuss. Er traf Dschamîl von hinten in den Kopf. Man hatte ihn mit dem Gesicht zur Wand vor die Kirche gestellt. Als die Nachricht kam, dass ein Mann aus einer anderen Familie seinen Verletzungen erlegen war, trat dessen Bruder vor und feuerte einen einzigen Schuss aus seinem Revolver auf ihn. Ich konnte nicht zu Dschamîls Beerdigung gehen, da sie im Viertel jener anderen Familie stattfand, und den Wunsch, dorthin zu gehen, durfte ich nicht äussern, ja, nicht einmal andeuten.

Ich versichere Ihnen, Herr Kawabata, dass in unserem Viertel die meisten Leute sich über die rasche Reaktion auf den Verlust eines der Unsrigen befriedigt zeigten. Ja, einige waren höchst zufrieden, eigentlich schon glücklich, denn die Feinde verloren einen, dessen Ermordung die Tränen in die Augen der Mütter trieb, im Gegensatz zu dem Toten auf unserer Seite. Dieser war ein fast sechzigjähriger Analphabet, während ihr Toter ein erst sechzehnjähriger Schüler war. „Welch Skandal! Ein Kind!" wiederholten die Fanatiker in unserer Familie und taten so, als beklagten sie ihn ebensosehr wie seine Mutter und seine Verwandten.

Wie gern ich ihn noch einmal gesehen hätte vor seiner Bestattung! Eines Nachts, wenige Tage nach dem Mord, schlich ich mich hin, um in einem Wahnsinnsunternehmen seine Mutter zu besuchen,. Doch bei meinem Anblick sammelte sich all ihr Blut im Gesicht und sie brach in hemmungsloses Wehklagen aus. Ich rannte sofort wieder weg, noch bevor auf ihr Schreien hin die Nachbarn zusammenliefen. Danach erwartete ich angstvoll, dass der Vorfall bekannt würde, doch sie behielt ihn für sich.

Sâdik beklagte sich mehrfach bei meinem Vater über mich. Ich wusste es, obwohl mein Vater sich mir gegenüber natürlich nie darüber äusserte. Er selbst war kein einziges Mal bei diesen Versammlungen zugegen, weil ihm derlei Vorgänge unerträglich waren. Er war im Bild über alle Einzelheiten, aber er hielt an seinem Stillschweigen fest, seinem mit beunruhigendem Naturtalent einstudierten „Vergessen". In den Augen meines Vaters war es ein göttliches Privileg, sich Zeit zu lassen, nichts zu vergessen und schliesslich die Abrechnung vorzunehmen. Dieses Stillschweigen, an dem er länger als sonst festhielt, beunruhigte mich von Tag zu Tag mehr. Denn irgendwann musste die Explosion kommen. Die bange Erwartung war schlimm.

Eines Tages kam er und verlangte von mir, ihm einen Brief vorzulesen, den ihm seine Schwägerin aus Amerika geschickt hatte. Ich nahm den Brief, betrachtete ihn, studierte ihn eine Weile und wiegte mit dem Kopf nach rechts und nach links. Ich öffnet meine Augen weit, schloss dann die Lider, als ob ich versuchte, in die Ferne zu schauen und begann schliesslich, stolpernd und stotternd zu lesen, wiederholte dabei mehrfach Wörter und hin und wieder einzelne Buchstaben. Da schüttelte er den Kopf und meinte, ich müsse einen Brief nicht nur lesen, sondern auch schreiben können. Mein Vater hatte grosse Mühe mit dem Lesen, schreiben konnte er praktisch überhaupt nicht. Nur gerade mit seinem Namen zu unterschreiben war er in der Lage. Darin fühlte er sich meiner Mutter überlegen, und immer wieder erklärte er, wenn die Umstände es ihm erlaubt hätten, lesen und schreiben zu lernen, wäre was aus ihm geworden und er wäre heute besser dran. Darauf zitierte meine Mutter allemal aus einem Lied von Farîd al-Atrasch: „Noch nie hat ein ‚Wenn doch …‘ ein Haus gebaut."

Dieses Zitat war immer das Ende der heftigen Auseinandersetzungen zwischen den beiden, die wir Kinder jahrelang mit einem schrecklichen Gemisch aus Furcht, Beunruhigung, Angst und Scham miterlebten.

Während dieser Streitereien zeigte sie ihm deutlich, wie überlegen sie sich fühlte, und sagte, dass sie ihn nie habe heiraten wollen, dass ihre Familie sie dazu gezwungen habe, dass … dass …. Er hatte alle möglichen Antworten parat, und das Ganze endete schliesslich damit, dass meine Mutter kommentarlos ihr Zitat zum besten gab, wenn sie den Moment für geeignet hielt. Darauf erwiderte mein Vater nichts mehr und liess die Situation nicht weiter eskalieren, solange es bei diesem Zitat blieb – aber ungesungen! Denn gesungen provozierte es ihn am meisten.

Nach jenem Tag, an dem mich mein Vater diesen berühmten Brief von meiner Tante lesen liess, vergingen viele Monate, ohne dass er es nochmals verlangt hätte. Besonders die ersten Monate schienen mir endlos. Ich fühlte mich elend, weil die lange Erwartung der zu befürchtenden Konfrontation schwer auf mir lastete. Allmählich jedoch geriet die Sache in Vergessenheit, besonders da zu jener Zeit Sâdiks Protest nachliess, nicht, weil er von unseren Informationen und Ideen überzeugt, sondern weil er die Sache leid war. Wir hatten ihn fertiggemacht, und wenn wir jetzt nach der Geografiestunde bei ihm vorbeikamen, um unsere neuesten Erkenntnisse über das Universum vorzutragen, wiederholte er nur: „Was ich sicher weiss, ist, dass ich sterben werde." Nur das! Er beschränkte sich auf diesen einen Satz. Danach verfiel er in hartnäckiges Stillschweigen, und wir, unfähig, ihn zum Sprechen zu bringen, gingen weiter.

Einmal sagte er uns: „Der Schmerz, den ihr heute empfindet, in eurem Alter, erscheint unbedeutend und vergeht rasch; aber er ist der Anfang der Krankheit, die euch später, wenn ihr alt seid, einmal umbringen wird." Manchmal nannte er uns die Unsterblichen. Und wenn wir ihm so lästig wurden, dass er seinen Ärger nicht mehr zu verbergen vermochte, sagte er mir ins Gesicht, wenn ich sein Sohn wäre, würde er mich kauterisieren, ja, kauterisieren mit rotglühenden Eisenstäben.

Als Gagarin mit seinem Raumschiff im Jahre 1961 seine

historische Umkreisung der Erde unternahm, feierten wir einen glänzenden Sieg. Diese Umkreisung war ebensowenig zu leugnen wie die Tatsache, dass die Sonne die Erde erhellte und uns im Winter wärmte und im Sommer verbrannte. Sâdik leugnete das alles nicht, er anerkannte es aber auch nicht. Er hüllte sich einfach in Stillschweigen, und das war schrecklich und provozierend. Er machte mich wütend.

Ich erinnere mich. Dschamîl stellte das Radio während der Nachrichten so laut, dass Sâdik, dessen Haus etwa fünfzig Meter entfernt lag, sie hörte. *Nach dem Tod seines Vaters war Dschamîl der Herr über das Radio im Haus geworden, und seine Mutter anerkannte diese Herrschaft.* Wir kannten damals weder das Transistorradio noch gar den Fernseher. Daraufhin zog sich Sâdik, der normalerweise vor der Tür arbeitete, ins Haus zurück, wo er einige Tage blieb, bis Gagarin kein Radiothema mehr war.

Mich machte Sâdik wütend! Jawohl, wütend! Warum liess er sich nicht überzeugen? Warum anerkannte er nicht die Tatsachen? Warum gab er es nicht zu?

Ich erinnere mich. Am Tag nach dem spektakulären Ereignis kaufte ich zum erstenmal in meinem Leben eine Zeitung. Auf der ersten Seite wurde selbstverständlich Gagarins historische Reise ins Weltall behandelt. Die Zeitung war voller Bilder und Informationen, besonders Bilder. Schon auf dem Nachhauseweg las ich alles, was über den Hergang berichtet wurde. Ich verschlang es. Mein Herz schlug rasch und kräftig, bis zum Hals. Ich hörte seine Schläge – mythische Laute, die aus einem tiefen Tal aufsteigen. Ich betrachtete die Bilder. Es waren die Bilder meines Bruders Gagarin, Gagarins, meines Freundes, meines Kameraden in Schule und Klasse.

Lieber Herr Kawabata, wie soll ich Ihnen beschreiben, was Gagarin für mich in jenem Augenblick bedeutete? Er kam aus mir, war Teil von mir, gehörte zu mir. Ich war er, er war ich. Wir gingen lange zusammen in die Schule, kehrten zusammen zurück, schliefen zusammen und assen zusammen, badeten zusammen im Fluss in der Nähe unseres Hauses. Ja, ich vermochte bei ihm Erleuchtung zu holen im Dunkel der Nacht, wenn ich auf finsteren Wegen ging. Ich brauchte kein Licht, solange er in meinem Innern strahlte, sein Licht überlief und sich auf den Weg vor mir ergoss.

Ich bin mir dessen sicher, Herr Kawabata, ganz sicher. Ich bin auch sicher, dass Sie mir das ohne den geringsten Zweifel glauben werden. Inzwischen kennen Sie mich und meine ungeheure Fähigkeit, mich zu erinnern. Was ich Ihnen erzähle, sind harte Fakten. In seinem Licht habe ich bei Nacht eingefädelt. Ich habe den Faden durch das Öhr gesteckt, wie ich meinen Finger in die Faust stecke, und zwar gleich mehrmals. Alle meine Freunde waren Zeugen, und ich könnte sie, wenn erforderlich, um ihre Aussage bitten – soweit sie noch leben. *Das Leben ging rasch vorbei, Herr Kawabata! Und viele sind schon tot.*

Sâdik konnte weder lesen noch schreiben. Er war nicht in der Lage, zwischen einem I und einem Elektromasten zu unterscheiden. Aber ich zeigte ihm die Bilder. Ich sagte ihm: „Schau her!" Mein Herz schlug noch immer, und mein Atem ging, als hätte ich gerade die Steppen Asiens durchquert. Er schaute sie an, aber schien nichts zu verstehen. Ich las ihm das Geschriebene vor. Dann zeigte ich ihm nochmals die Bilder, hielt sie ihm vors Gesicht, während er über einen Korb gebeugt war, den er aus Rohrfäden flocht. Er schob die Bilder beiseite, schielte aber weiterhin darauf. Ich schnitt sie aus, ging in sein Haus und legte sie auf sein Kissen.

Leider war unter den Bildern kein einziges, das die Erde als Kugel zeigte, die einfach so im All schwebt, durch nichts getragen und an nichts aufgehängt – ein entscheidendes Bild, aufgenommen von Gagarin von dort oben, mit eigener Hand. Das war es, wovon ich geträumt hatte, als ich die Zeitung kaufte. So ein Bild hätte ich gern gesehen, um mich auf ewig zu versichern, denn Sâdik konnte sich immer der Wahrheit entgegenstellen, so offensichtlich sie auch war.

Er folgte mir ins Haus. Ich erblickte ihn, als ich mich umdrehte, um wieder zu gehen, nachdem ich die Bilder auf sein Kissen gelegt hatte, damit er sie sehen musste, wenn er seinen Kopf darauflegte. Erblickte ihn mitten im Zimmer, einen dicken Rohrstock in der Hand. Als ich nahe genug war, liess er ihn mit voller Wucht auf meine Seite niedersausen. Als ich mich wand, versetzte er mir einen zweiten Schlag auf den Rücken, dann folgten immer schneller, brutal und nervös, weitere Schläge. Mit aller Entschlossenheit. Und bevor er den Stock wegwarf, den er auf mir zerbrochen hatte, sagte er: „Du willst mir einen anderen Glauben aufdrängen. Ich bin am Ende meines Lebens angelangt, ohne einen Sohn gezeugt zu haben, der mir Trost wäre, und ohne eine Spur hinterlassen zu haben, die die Leute an mich erinnerte. Ich habe eine einzige Hoffnung, das ist der Himmel, und den willst du mir nehmen." Ich erwiderte nichts. Weder als er zu mir sprach noch als er mich schlug. Ich schrie auch nicht – weder vor Schmerz noch vor Ratlosigkeit oder aus irgendeinem anderen Gefühl. Ich biss die Zähne zusammen und ertrug alles stillschweigend. Dann ging ich hinaus.

Dieser Vorfall vergällte mir den Geografieunterricht. Immer wenn die Stunde begann, fiel er mir mit allen Einzelheiten wieder ein. Sâdiks Worte summten mir unablässig in den Ohren und lenkten mich von den Ausführungen des Lehrers ab. Er bemerkte diese Veränderung und wollte wissen, was los sei, worauf ich ihm aber keine klare Auskunft gab. Erst nach einiger Zeit fragte ich ihn, warum ältere Leute diese Tatsachen nicht glauben wollten. An ihnen, erklärte er, sei die Zeit vorbeigegangen. *Herr Kawabata, dieser Ausdruck – „an ihnen ist die Zeit vorbeigegangen" – ist von der Art, auf die ich Sie aufmerksam machen, gleichzeitig aber darauf hinweisen möchte, dass er den Linken, den Progressiven und den Aufgeklärten häufiger auf der Zunge liegt.* Dann fügte er noch etwas brutal Schönes hinzu. Wenn unsere Väter und Vorväter anders gewesen wären als sie nun einmal waren, erklärte er, befänden wir uns heute nicht in diesem Zustand der Zurückgebliebenheit, und die Welt hätte uns nicht in jeder Hinsicht überrundet: mit der Erfindung des Autos, des Flugzeugs und des Telefons, der Entdeckung der Elektrizität und des Atoms. *Der Geografielehrer hatte eine grosse Schwäche für die Worte Entdeckung und Erfindung.* Und wenn sie intellektuell nicht so ungeschlacht gewesen wären, hätten wir die anderen Völker überrundet oder wären ihnen jedenfalls ebenbürtig. Unsere Ahnen waren an die Oberfläche der Erde gebunden, gefesselt durch die Anziehungskraft. Keine Frage beunruhigte sie, keine Wahrheit erfreute ihre Seelen. Die Perlen liegen im Meer. Wer etwas wagt und danach taucht, findet sie und fördert sie zutage. Wer aber die Oberflächen und die Küste nicht verlässt, dem bleibt nichts. Unsere Väter verliessen die Küste nicht. Vor dem Beginn der wahren Wissenschaft sind die Menschen an lächerlichen Kleinigkeiten gestorben. Die Blinddarmentzündung hat Tausende dahingerafft. Heute rettet dich eine einzige Tablette vor Tod und vor Verderben.

„Und wo ist Gott?" fragte eines Tages ein Schüler. Es war,

der Gerechtigkeit halber sei's gesagt, eine Frage, die ich tief im Herzen verborgen hatte, und ich sage verborgen, weil ich Angst hatte, sie zu stellen, damit in meinem Innern nicht offen der Kampf zwischen der wissenschaftlichen Wahrheit und Gott ausbräche. Ich liebte die wissenschaftliche Wahrheit so sehr, dass mir dabei das Herz pochte, und ich hatte solche Angst um Gott, dass mir dabei die Knochen bebten. So ging es allen Schülern, davon war ich fest überzeugt.

„Gott ist überall! Gott ist Geist!" antwortete der Lehrer. Die Antwort war erfrischend, aber unbefriedigend, und mein Durst war nicht gelöscht. Dieser Durst währte lange, mehrere Jahre, genauer gesagt, bis ich, bis wir das Theaterstück *Das Leben des Galileo Galilei* von Bertolt Brecht lasen, zu jener Zeit der Genosse Brecht. Damals – ich erinnere mich noch genau, ich, der ich nie etwas vergesse, ich erinnere mich, wie ich das Stück auswendig lernte:

Sein Freund Sagredo sagte zu Galileo: Ich zittere vor Furcht bei dem Gedanken, es könnte die Wahrheit sein – *dass nämlich die Erde nur einer unter all diesen Planeten und nicht das Zentrum des Universums ist.*

Und wo ist dann Gott? fuhr Sagredo fort. Wo ist sein erhabener Thron errichtet?

Galileo: Was meinst du damit?

Galileo wusste genau, dass die Leugnung Gottes den Tod bedeutete.

Sagredo: Gott! Wo ist Gott!

Galileo: Dort nicht! So wenig wie er hier auf der Erde zu finden ist.

Wo ist er dann? fragte sein Freund weiter.

Galileo: In uns oder nirgends!

Wie der Verbrannte gesagt hat? wollte Sagredo wissen.

Wie der Verbrannte gesagt hat! bestätigte Galileo.

Sagredo: Darum ist er verbrannt worden! Vor noch nicht zehn Jahren.

Galileo: Weil er nichts beweisen konnte! Weil er es nur behauptet hat!

Wie haben wir, Herr Kawabata, die Art geschätzt, mit der Galileo den Verstand und den Menschen in den Vordergrund rückte! Wir waren hingerissen von der Stelle, wo er sagt: Nur die Toten lassen sich nicht mehr von Gründen bewegen! Die Verführung, die von einem Beweis ausgeht, ist zu gross. Das Denken gehört zu den grössten Vergnügungen der menschlichen Rasse.

In der Herrschaft des Verstandes liegt das Heil der Massen!

Galileo: Ich brauche den Andrea (den Sohn seiner Haushälterin).

Frau Sarti: Andrea? Er liegt im Bett und schläft.

Galileo: Wecken Sie ihn! Wecken Sie ihn!

Die Menschen werden die Wahrheit über die Gestirne kennenlernen, und sie werden begreifen, wieviele andere Wahrheiten sie nicht kennen. Deshalb werden sie sich eines Tages entschliessen, ihre Augen weit zu öffnen.

Die Lektüre dieses Brechtschen Stücks war eines der schönsten Geschenke, die mir das Leben gemacht hat. Und das geschah zu einer Zeit, als das Leben noch höchst freigebig war: Gagarins Erdumkreisung im Weltall; der Sieg der kubanischen Revolution; der mythische Glanz der algerischen Revolution; davor noch die Verstaatlichung des Sueskanals. Aber das Brechtsche Geschenk hatte einen ganz besonderen Klang und einen ganz besonderen Duft. Es half mir, ein tiefsitzendes und hartnäckiges Gefühl von Schuld und Kummer zu überwinden, das sich als Folge des Vorfalls mit Sâdik eingenistet hatte. Seine Antwort hatte mich tief getroffen, auch wenn sie mich nicht im geringsten von meiner Ansicht abzubringen oder sie auch nur zu beeinflussen vermochte. Es war seine Verwundung, die mich verwundete. Vielleicht sind ja Wunden auch ansteckend. Ich besass keinen Beweis, mit dem ich ihn hätte überzeugen können. Ich wusste nicht, dass ich ihm hätte sagen sollen, das Elend, das auf den Menschen lastet, habe keinen Preis, den man später bezahlt; deshalb müssten wir seine Ursachen jetzt beseitigen, hier auf Erden, um uns davon zu befreien, damit wir ein Leben in Glückseligkeit leben könnten. Ich hatte eben *Das Leben des Galileo Galilei* vor jenem Vorfall noch nicht gelesen. Ich wollte, ich hätte!

Zusätzlich zu der Wunde, die jener Vorfall in meiner Seele hinterliess, war es taktisch ein grober Fehler, ein Fehler, der mich um eine böse Erfahrung bereicherte. Schon während ich diesen Fehler beging, wusste ich darum und ahnte seine schmerzlichen Folgen. Aber ihn zu vermeiden, überstieg meine Fähigkeit und meinen Willen. Ich war gedrängt von dem unwiderstehlichen Wunsch, das Eisen zu schmieden, solange es heiss war. Und im entscheidenden Kampf müssen alle verfügbaren Kräfte marschieren: Ich kaufte eine Zeitung. Und ich las daraus in aller Öffentlichkeit vor. Ihm!

Ich habe niemandem erzählt, was sich zwischen mir und Sâdik abgespielt hat. Und ich war überzeugt, auch er werde es niemandem erzählen. Doch einige Tage später kam mein Vater, einen Brief in der Hand, den er mir mit der Aufforderung reichte, ihn vorzulesen. Seine Aufforderung war so nachdrücklich, dass sie kein Murren, keine Überraschung und keine Widerrede erlaubte. Eigentlich war es gar keine Aufforderung, sondern der Befehl: „Lies!", den er auf eine Weise vorbrachte, die deutlich machte, dass er auch nicht den geringsten Zweifel hegte, dass ich dazu imstande sei. Zunächst versuchte ich, den Angriff abzufangen, indem ich ein wenig zurückwich, den Brief öffnete – er war einen Monat zuvor datiert – und, stotternd und stacksend, zu lesen begann. „Lies!" herrschte er mich an. Ich verbesserte meinen Stil, er blieb aber schlecht. Da schlug er mich! Er haute mir verärgert, ja wütend einfach eine runter. Als ich ihm erklärte, ich hätte Schwierigkeiten mit dieser Art Handschrift, und damit andeutete, die Zeitung durchaus lesen zu können, weil sie ähnlich den Schulbüchern gedruckt ist, schlug er mich nochmals. Meine Mutter, die auch zuhause war, sah alles mit an. Ich erwartete, sie werde sich mit ganzer Kraft zu meinen Gunsten einsetzen. Aber sie beschränkte sich darauf, ihn mit eher gedämpfter Stimme zu fragen: „Willst du ihn mit Gewalt zum Lesen bringen?" Dann verliess sie zornig das Haus. Wirklich, eine Katastrophe! Wie konnte sie nur hinausgehen und mich allein seiner Wut ausgesetzt zurücklassen.

Mein Vater war dunkel angelaufen, wie später dann wieder, als er nach seinem Tod aufgebahrt lag. Er drosch auf mich ein, was mich immer halsstarriger machte. Er sprach nie über die Zeitung, und auch über nichts anderes. Er bestand nur darauf, dass ich lesen sollte. Nur darauf. „Lies!"

Das Schlimmste daran war, dass er mir keine Tür offen liess, durch die ich mich hätte zurückziehen können. Und ich war nicht imstande, mich ohne Erklärung, wie schwach auch immer, zurückzuziehen, obwohl ich das aus ganzem Herzen wünschte. Aber er wollte es nicht. Das war mir klar. Ich hatte das beinahe vom ersten Augenblick an begriffen. Aber wohin zurückziehen? Und wie? Wenn ich flüssig und klar gelesen hätte, wäre das für mich gefährlich gewesen, denn dann hätte er mich gezwungen, die Schule zu verlassen, auch wenn meine Mutter ihm in diesem Punkt Widerstand zu leisten wagte.

Meines Vaters Begründung lautete, dass er schon bald nicht mehr in der Lage sein werde, allein für die Familie zu sorgen. Meiner Mutter Argument in Vaters Gegenwart lautete, dass Gott schon für sie sorgen werde. Wenn er dagegen nicht dabei war, behauptete sie, dass er seine Kinder zur gleichen Art Leben zwingen wolle, wie er es selbst geführt hatte – in Erniedrigung. So drückte sie es aus.

Ein einziges Mal sagte sie es ihm ins Gesicht, ein einziges Mal nur, und da schlug er sie. Ich war dreizehn Jahre alt. Es war Ende Frühling, Anfang Sommer, und gerade waren die Resultate der Prüfungen für das staatliche Zertifikat bekannt gegeben worden. Ich war durchgefallen. Insgesamt waren meine Noten nicht so schlecht, ausser in Französisch. Da hatte ich ungenügend. Daraufhin traf mein Vater umgehend die Entscheidung, ich hätte die Schule zu verlassen und ein Handwerk zu lernen. Er fragte mich, welches Handwerk es sein sollte, doch ich weigerte mich, auf die Frage zu antworten, da ich schon den Gedanken daran ablehnte. Ich wollte nichts anderes, als weiter auf die Schule gehen, trotz der schiefgegangenen Prüfung. Tatsächlich war dieses Resultat nicht mein Fehler oder meine Schuld. Wir hatten nämlich in der Schule gar keinen Französischlehrer, und die Französischstunden verbrachten wir entweder auf dem Hof mit dem Turnlehrer oder wir gingen sogar weg. Irgendwann erhielten wir dann doch einen Lehrer für Französisch, der eine grosse Leidenschaft für den Corneillschen *Cid* hatte. Das ganze Schuljahr über las er uns das Stück in arabischer Übersetzung vor, erklärte es und verglich es mit den Werken des arabischen Dichters Abul Tajjib al-Mutanabbi aus dem zehnten Jahrhundert.

Dieser Lehrer war höchst angetan vom moralischen Verhalten des Don Rodrigo, neben Ximene die Hauptfigur im Stück. Er wiederholte auch ständig, Don Rodrigo wäre, wenn als Araber geboren, ein Mutanabbi geworden, und einen ganzen Monat lang hielten wir uns mit dem einzigen Satz des Stückes auf, den er auf französisch kannte: La valeur n'attend point le nombre des années. Diesen erklärte und verglich er mit Versen al-Mutanabbis.

Darüber hinaus verlor er sich in vielfachen Exkursen, bei denen er vom Hundertsten ins Tausendste kam, bis wir den Ausgangspunkt vergessen hatten. So brachte ihn Ximenes Zofe, die ihrer Herrin ehrlich, klar und deutlich die Besonderheiten jedes ihrer beiden Freier vor Augen führte, Don Rodrigos und seines Kontrahenten, auf das Problem, dass bei uns Frauen, wenn sie einen jungen Mann zur Ehe mit einem jungen Mädchen überreden wollen, oder umgekehrt, allerhand Lügen auftischen, und eine Frau mit zweifelhafter Moral als Heilige dargestellt wird, oder umgekehrt. Als Beispiel erzählte er von einem Freund, der, als ihm ein hübsches, ruhiges Mädchen gefallen und er die Absicht gehegt habe, sie zu heiraten, ihr seinen Wunsch übermittelt habe, worauf sie ihn aufforderte, bei ihrer Familie um ihre Hand anzuhalten, was er tat. Bei seinem Besuch, während er sich mit ihrer Familie über dies und das unterhielt und noch bevor er den eigentlichen Grund seines Kommens angesprochen hatte, servierte das junge Mädchen, angetan mit ihrem schönsten Kleid, Kaffee und bot auch ihm eine Tasse an. Um sie zu prüfen, liess er absichtlich die Tasse mit dem Kaffee auf ihr Kleid fallen, während er sie von ihr entgegennahm. *Natürlich tat er, als sei es aus Versehen geschehen.* Sie hörte nicht auf zu lächeln, ja sie beruhigte ihn, als er sich entschuldigte und Schuldgefühl zeigte, ging sie in die Küche und holte ein

Tuch für ihn und einen Lappen, um den Boden zu wischen und brachte ihm eine neue Tasse Kaffee, die er entgegennahm und auf das kleine Tischchen vor sich stellte. Als er aufstand und um Erlaubnis bat, in die Küche gehen zu dürfen, um dort ein Glas Wasser zu trinken, drängte sie ihn, sitzen zu bleiben, sie werde es ihm sofort bringen. Doch er kam ihr zuvor und schlüpfte hinaus in die Küche, wo sein Blick auf den Holztisch fiel, an dem er frische Beissspuren entdeckte. Vor Zorn hatte sie die Tischkante benagt, nachdem er ihr den Kaffee über ihr schönes Kleid gegossen hatte, sich nach aussen aber völlig anders gezeigt. Da dankte er Gott in seinem Herzen und gesellte sich wieder zur Familie, ohne so recht zu wissen, wie er seinen Kaffee und seinen Besuch beenden sollte. Er ging, ohne das eigentliche Thema anzusprechen, und kehrte nie wieder.

Der Französischlehrer brauchte immer eine Viertelstunde, bis er mit dem eigentlichen Unterricht begann. Zunächst nahm er aus seiner Mappe einen gelben Lappen, wie man ihn zum Polieren von Autos benutzt, und wischte damit den Staub erst vom Stuhl, dann vom Pult. Danach legte er seine Mappe auf das Pult und holte weitere Gegenstände heraus. Dann zog er auf der Tafel mithilfe eines Lineals und aussergewöhnlicher Bedächtigkeit, feine, kaum sichtbare Linien, um gerade zu schreiben, wobei er aber nur sehr selten etwas anschrieb. Schliesslich betrachtete er die Schüler lange und aufmerksam, und sobald sein Blick auf etwas fiel, das ihm nicht behagte, erging er sich ausführlich darüber. Einmal erspähte er meine Fussnägel, die aus Strumpf und Schuh hervorschauten. Das Oberleder hatte sich von der Sohle gelöst. Warum ich meinen Schuh nicht reparieren lasse, wollte er wissen. Ich schwieg. Als er seine Frage wiederholte, erklärte ich ihm, der Schuh sei sehr alt und mein Vater habe mir neue Schuhe versprochen. „Nein, nein", rief er da, „wir müssen uns für das Alte nicht schämen. Die Königin von Grossbritannien kauft ihren Kindern die neuesten und die teuersten Kleider. Dann zerreisst sie sie ganz absichtlich an der Hinterseite – *dort, wo unsere kurzen Hosen am abgewetztesten waren –,* setzt Flicken auf die zerrissenen Stellen und lässt die Kinder so auf die Strasse, um allen Leuten zu zeigen, dass Armut keine Schande ist. Nur schlechte Moral ist eine Schande."

Leider hatten das französische Diktat und die Fragen darum herum bei den staatlichen Prüfungen am Jahresende überhaupt keinen Bezug zu dem, was uns dieser Lehrer beigebracht hatte, weshalb die meisten von uns durchfielen; durch kamen nur die wenigen, bei denen das Französische zuhause gepflegt wurde.

Doch alle Hinweise und Erklärungen dieser Art fruchteten bei meinem Vater nichts. Sein Entschluss war gefasst. Und wenn er etwas meinte, so meinte er es. Er versuchte in aller Freundlichkeit, meine Mutter zu überzeugen, und erklärte ihr, wenn Raschîd jetzt anfange, ein Handwerk zu lernen, könne er uns später helfen und so seinen Geschwistern – *damals waren es fünf an der Zahl: drei Mädchen und zwei Jungen –* den Schulbesuch ermöglichen. Meine Mutter verschloss sich seiner Argumentation, da sie sich bei keinem ihrer Kinder Schmutz unter den Nägeln – *also manuelle Arbeit –* vorstellen konnte. Als sie sah, dass mein Vater sich nicht erweichen liess, schleuderte sie ihm ins Gesicht: „Ich will nicht, dass meine Kinder je so leben, wie du uns hast leben lassen, nämlich in Erniedrigung!" „In Erniedrigung!" Blut lief ihr aus Mund und Nase. Ihr Auge war einen Monat lang geschwollen, und nur die Vorsehung wollte es, dass sie es nicht verlor.

Er wählte für mich den Beruf des Automechanikers, und tatsächlich habe ich ein Jahr mit dieser Tätigkeit zugebracht. Anfangs war es ein tristes Jahr. Nicht weil ich etwas gegen diesen Beruf hatte, sondern weil ich weiter auf die Schule gehen wollte. Ich sehnte mich nach der Geografiestunde. Was war mit der Welt? Und diesem Mond? Und dieser Sonne? Und der Anziehungskraft? Und dem ungeheuer weiten Universum? Und den Sternen, die verschwunden sind und deren Licht wir noch immer sehen? Und der Wahrheit, der befreienden Wahrheit?

Zu Beginn erhielt ich am Ende jeder Woche eine winzige Summe. Diese wuchs zwar mit der Zeit, blieb aber das ganze Jahr über eher bescheiden. Ich brachte das Geld meiner Mutter, die jedoch immer sagte, ich solle damit machen, was ich wolle. Und was ich wollte, das war ins Kino gehen. Ich ging häufig hin, mindestens einmal pro Woche. Die Summe erlaubte mir das.

Ich möchte mich Ihnen, Herr Kawabata, nicht als etwas Besonderes darstellen, aber ich möchte Ihnen doch erzählen, dass es mich im stillen sehr überrascht hat, wenn bei einem Charlie-Chaplin-Film der ganze Saal in schallendes Gelächter ausbrach. Ich begriff nicht, was in diesen Filmen, die mich zum Weinen brachten, so lustig sein sollte. Insgeheim schämte ich mich auch, wenn mir meine Kameraden erklärten, dass die Heldinnen der Filme, die wir sahen, sie erregten, dass sie von ihnen träumten und sie sich, wenn sie allein waren, vergegenwärtigten. Für mich waren diese Heldinnen reine Heilige, deren Sorgen mir Sorgen machten und deren Schmerzen mir Schmerzen bereiteten.

Meine Mutter wusch jeden Abend meine öl- und fettverschmierten Kleider. Ohne ein Wort zu sagen. Und ihr Schweigen wurde um so beredter, je näher mein Vater war.

Eines Abends, mitten im Frühling, erklärte mir mein Vater, während meine Mutter mit einem so strahlenden Gesicht das Abendessen richtete, wie ich es an ihr seit dem Beginn meiner Lehre nicht mehr gesehen hatte, im kommenden Jahr könne ich wieder in die Schule gehen. Vor Überraschung hüpfte mir das Herz, alle meine Gefühle gerieten durcheinander. Ich würde also zu den Quellen des Wissens zurückkehren. Andrerseits müsste ich aber dieses Handwerk aufgeben, das ich inzwischen recht gut kannte und auch mochte; mit ihm würde ich auch meine abendliche Freiheit und das Kino aufgeben.

An jenem Abend erkundigte ich mich nicht nach der Ursache dieses Meinungsumschwungs, und als ich einige Tage später meine Mutter fragte, antwortete sie mir, nicht ganz überzeugend, mit der Gegenfrage, ob die Schule etwa nicht sauberer sei. Erst Jahre später begriff ich, was sich abgespielt und meinen Vater zum Umdenken veranlasst hatte. Mitte des Sommers hatte ich mit der Lehre begonnen, und im Herbst, auf dem Höhepunkt der Olivenernte, war mein Vater tätlich angegriffen worden. Er ging mit einigen Arbeitern in unseren Olivenhain und bemerkte, dass ein paar Bäume teilweise leergeerntet waren. Gegen Abend kam der Wächter, um wie üblich seinen „Wächterlohn“ abzuholen, den mein Vater ihm aber verweigerte, da er seine Pflicht vernachlässigt habe. *Er hatte diesen Wächter schon immer des Diebstahls verdächtigt.* Es kam zu einer schliesslich handgreiflichen Auseinandersetzung, die der Wächter, um einiges jünger als mein Vater, für sich entschied, indem er ihm mit einem dicken Stock mehrere brutale Schläge versetzte. Das verletzte meinen Vater, der keine Waffe hatte, mehr psychisch als physisch. Meiner Mutter erzählte er erst Tage später davon, nachdem ihr sein Verhalten und sein besonderes Interesse an seiner Pistole aufgefallen war. Sie erkundigte sich, drang in ihn und entwickelte einen ungeheuren Zorn, den sie aber unter Kontrolle brachte. Sie beherrschte sich, um ihn nicht noch zu dem zu ermutigen, was er offensichtlich im Sinn hatte. Während Tagen suchte sie ihn zu besänftigen, und die beiden versöhnten sich. Und so verliess ich Mitte des Sommers die Arbeit, nachdem sie eine monatelange Überzeugungsarbeit geleistet hatte, und ging Anfang Oktober zurück in die Schule; und der Geografieunterricht trübte wieder meine Beziehungen zu Sâdik.

Im selben Jahr erfolgte die epochemachende Erdumkreisung Gagarins, und mein Vater befahl mir: „Lies!" Doch meine Halsstarrigkeit war stärker als mein Wunsch zu lesen und als die schmerzhaften und erniedrigenden Schläge. Schliesslich griff mein Vater nach einem Seil, band mich an den Stuhl und legte den Brief vor mich hin. Er kam aus Amerika, von der Frau seines Bruders, und enthielt eine geballte Ladung von Angriffen und Vorwürfen, Anklagen und Rechtfertigungen. Unter anderem hiess es darin, mein Vater verbringe seine Zeit damit, Kinder zu zeugen, statt zu arbeiten, und dann verlange er von ihr, seiner Schwägerin, dass sie für deren Ausbildung aufkomme. Wenn sie nämlich ihr Geld für Kinder ausgeben wollte, hätte sie selbst jede Menge davon zur Welt bringen können. In Wirklichkeit spielte sich meine Tante nur auf, weil sie keine Kinder bekommen konnte, wobei der Grund bei ihr oder bei ihrem Mann lag, der schon jung, in den Dreissigern, gestorben war und dessen Name ich trug.

Nachdem mein Vater mich festgebunden hatte, zündete er den Gaskocher an und legte einen metallenen Spiess, wie wir ihn zum Grillieren von Fleisch benutzten, darauf. Seine Absicht war offensichtlich: Entweder würde ich ordentlich lesen oder er würde mir mit dem rotglühenden Metall die Finger verbrennen. Er war fest dazu entschlossen, wenn er sich erst einmal vergewissert hätte, dass ich ordentlich lesen konnte, das aber vor ihm geheim hielt, damit er mich nicht von der Schule nahm. Einige Warnsignale hatte es schon zuvor gegeben. Ich hatte zum Beispiel die Angewohnheit, wenn ich spät aus der Schule zurückkam, mich nur schnell meiner Bücher zu entledigen, um sofort wieder hinauszugehen und die Zeit bis zum Einbruch der Dunkelheit mit meinen Kameraden zu verbringen. Mich störte es nämlich, zuhause zu bleiben, während es draussen noch taghell war. An dieser Angewohnheit fand mein Vater besonders auszusetzen, dass ich Strom verbrauchte, wenn ich erst am Abend lernte. Zunächst nörgelte er einfach nur. Als aber die Streitereien um die Kugelform und die Drehung der Erde entbrannten, intensivierte sich die Nörgelei und er drängte immer mehr, dass ich das Licht abschaltete. Schliesslich verbot er mir, das Licht anzuschalten, was mich zwang, meine Aufgaben bei Tageslicht zu machen. Das waren für mich die tristesten Augenblicke am Tag, und mein Vater wusste das. Er war brutal. Er wollte, dass ich die Schule verliesse, sobald ich anständig lesen und schreiben konnte. Doch er äusserte diesen Wunsch nie klar und deutlich, weil er befürchtete, das könnte das Verhältnis zwischen ihm und meiner Mutter wieder vergiften. Er drängte mich, diesen Beschluss selbst zu fassen. Er wollte mich von den Irrlehren erlösen, die ich in der Schule lernte. Zunächst vermutete ich das nur, doch die Bemerkungen und Ratschläge meiner Mutter bestätigten meine Vermutung. Jedesmal wenn es zwischen mir und ihm kritisch wurde, riet sie mir, öfter in die Kirche zu gehen und häufiger zu beten. Für ihn ging es nicht mehr nur darum, dass ich die Schule verlassen und ein

Handwerk lernen sollte. Nein, es ging tiefer. Ich erfasste es genau. Ich begriff die Geheimnisse seiner Seele.

Ich glaube nicht, dass irgendein Kind, Junge oder Mädchen, in der Lage ist, die innersten Geheimnisse seines Vaters so gründlich zu erfassen, wie ich es konnte. Meine Kenntnis von ihm war animalisch. Was ich damit sagen will: Er hat mich nie durch ein Verhalten oder eine Reaktion überrascht. Ich sah ihn etwas in Angriff nehmen, bevor er damit begann. Es überraschte mich nicht, als er mir ein leeres Glas in die Hand drückte und mich zur Tankstelle schickte, um es mit Benzin füllen zu lassen. Ich verstand sofort. Ich verstand, dass er es als Medizin benutzen wollte. Ich wusste, welche besondere Wertschätzung er für das Benzin hegte, obwohl er sonst Industrieprodukte verachtete. Er glaubte an die Heilkraft des Benzins, während er die Einnahme von Medikamenten sonst ablehnte. Er brauchte sie auch tatsächlich niemals wirklich, bis er eines Tages über Schwindelgefühle klagte, die er auf Bandwürmer zurückführte, was bei uns damals sehr verbreitet war. Die Ärzte machten dafür den Genuss von rohem Fleisch und mit Abwasser gegossenem Gemüse verantwortlich.

Wir waren Kinder, und Einzelteile dessen, was wir den langen Wurm nannten, rutschten uns klebrig, langsam und weiss die nackten Beine hinunter, und wenn einer von uns sie am Bein eines anderen sah, schrie er pfui. Wir wussten, dass sie Schwindelgefühle erzeugen konnten, weil sie den besten Teil der Nahrung im Darm fressen. Wir hörten auch, dass es ein wirksames Medikament gegen sie gebe, das wir, ohne unseren Eltern etwas zu sagen, kauften und tranken. Mein Vater jedoch wählte das Benzin. Er wählte das Benzin für sich, uns empfahl er es nicht.

Herr Kawabata, wem könnte ich diese Wurmerfahrung

mitteilen, wenn nicht Ihnen? Ich bin sicher, ja zutiefst überzeugt, dass jeder andere, Christ oder Muslim, sich übergeben müsste. Besonders Damen. Und ganz besonders, wenn ich erst erzählte, wie sich diese Würmer zu Dutzenden in unseren Hosen sammelten. Entweder trocken und hart, wenn die Baumwolle die Feuchtigkeit aufgesogen hatte, oder glitschig an den Beinen hinabschlitternd.

Sauber zu sein, Herr Kawabata – und Sie erlauben mir diese verallgemeinernde Bemerkung –, und von körperlichem Schmutz wegzukommen ist ohne Zweifel ein tiefer Wunsch des Menschen, ein Sieg über das Animalische in ihm, ich meine das Tier, das er ist. In diesem Zusammenhang sehe ich auch das Fasten, und das erklärt für mich auch die Vorstellung von der Seele. Ist es aber weise, von allem Schmutzigen wegkommen und sich darüber erheben zu wollen und den Blick auf das saubere Wesentliche zu richten, wissenschaftlich dagegen, auf alles Schmutzige zu blicken?

Herr Kawabata, hören Sie sich auch das von mir an: Diese Geschichten sind so ekelhaft, so zum Kotzen, dass Christen und Muslime sie benutzen, um sich gegenseitig als „wurmig" zu beschimpfen. Und dabei gibt es doch bei den Christen ebenso wie bei den Muslimen solche und solche.

Als die Schwindelgefühle meines Vaters nicht aufhören wollten, beschloss er, sie zu behandeln, und trank den Becher Benzin. Auf einen Zug! Da bekam ich wirklich Angst, er würde sterben. Er schloss die Augen und rannte zu einem Stuhl, schmatzte und schmeckte an dem bitteren Zeug, aber er setzte sich nicht, sondern ging hinaus aus dem Laden und wanderte, ständig ausspuckend, ziellos umher, ich immer hinter ihm her, ihm Schritt für Schritt folgend, aber bemüht, von ihm nicht gesehen zu werden. Plötzlich streckte er die Hand nach mir aus, nach hinten, und zog mich zu sich, hielt mich im Arm und füllte meine Nase mit dem Benzingeruch. Ich fragte ihn, wie ich ihm helfen könnte. Gar nicht, erwiderte er. Plötzlich beugte er sich vornüber, um sein Inneres zu entleeren. Da nichts herauskam, fragte ich ihn, ob er etwas Wasser wolle, was er verneinte. Ich hatte grosse Angst. Er dagegen ging weiter und sagte nur, das Feuer verbrenne sein Herz. Dann müssten wir doch etwas unternehmen, meinte ich, was er wieder verneinte. Schliesslich quollen ihm die Augen so auf, dass sich die Lider nicht mehr schliessen liessen. Wir waren noch einige Meter vom Laden entfernt und erreichten nur mit grosser Mühe die Schwelle, auf die er sich niederliess, tief aufstöhnte und vergeblich versuchte, die Augen zu schliessen. Lange keuchte er vor sich hin, dann stand er auf und ging hinein. Dort liess er sich mit dem ganzen Gewicht seines Körpers auf einen Stuhl fallen, der mit ihm umkippte. Bevor er sich wieder aufrappelte, ja, bevor er auch nur den Versuch dazu unternahm, sagte er, ich brauchte keine Angst zu haben. Er sei nur gefallen! Dann stand er auf, um sich nochmals auf einen Stuhl sinken zu lassen. Jetzt sagte ich ihm, ich wolle Mutter Bescheid geben, und ich war schon weggelaufen, bevor ich meinen Satz auch nur begonnen hatte.

Ich werde nie vergessen, wie er mir den Arm um die Schulter legte, wie er seine Hand nach hinten ausstreckte und mich zu sich heranzog, wie er genau wusste, wo ich war. Später erinnerte ich mich, sobald in unserem Verhältnis Spannungen auftraten, an diese Augenblicke, und besonders erinnerte ich mich daran, als er brutal genug war, mir die Finger zu verbrennen.

Mein Vater verbrannte mir die Finger mit einem glühenden Eisenstab. Er tat das aus Liebe zu mir. *Und natürlich auch zur Familie und zum Vaterland und zur Religionsgemeinschaft und zur Religion.* Hätte ich damals das berühmte Wort Spinozas gekannt, man könne niemanden mit Gewalt oder mit einem Gesetz zur ewigen Glückseligkeit zwingen, hätte mir dieses sicher geholfen.

Wenn mein Vater Liebe empfand und zeigte, tat er es total, und seine Zuneigung liess das Herz schmelzen. Er liebte uns, seine Kinder, wenn wir sauber waren, ekelte sich aber auch nicht vor unserem Schmutz. Einmal zögerte er nicht, ein Stück Brot zu essen, ohne sich vorher die Hände zu waschen, die er sich bei meinem kleinen Bruder, der an Durchfall litt, beschmutzt hatte. Er küsste uns auf unsere Triefnasen und verlangte von unserer Mutter keine Rechtfertigung für unsere kleinen Schwächen – Kaugummi, Bonbon oder irgend etwas, das wir als Kinder gern hatten. Unsere Mutter lief hinter uns her, ein Wind, der die Blätter an den Bäumen bewegt; die Bäume tragen Früchte, und die reife Frucht fällt, wenn sie nicht gepflückt wird, auf die Erde und geht kaputt. Die Natur ging ihren Gang. Und wenn jemand zu meiner immer wieder schwangeren Mutter sagte, sie bringe doch ziemlich viele Kinder zur Welt, antwortete sie: „Was soll ich denn mit ihnen machen? Ich kann sie doch nicht in meinem Bauch lassen." Ja, was soll der Baum mit seinen Früchten machen, Herr Kawabata? Was sollen die Früchte machen, wenn sie reif sind? Ganz ohne Zweifel ist die Tortur mit dem Feuer wirksamer als andere Arten der Tortur, und es ist sicher kein Zufall, dass die verschiedenen Religionen als Strafe für die Bösen im Jenseits diese Art der Tortur vorgesehen haben. Die zeitlich begrenzte Tortur mit dem Feuer führt auf den rechten Weg zurück und rettet vor der ewigen Tortur. Das meinte mein Vater, als er mich brannte, weil ich nicht las und immer wieder versicherte, ich könne diesen handgeschriebenen Text nicht lesen. Da hat er mich gebrannt! Er hat mich gebrannt, wie Sâdik seinen Sohn gebrannt hätte, so er denn einen Sohn gehabt hätte und dieser so gewesen wäre wie ich.

Auf meinen Finger legte er den rotglühenden Metallstab und nahm ihn sofort wieder hoch. Auf den Zeigefinger. Er berührte mich nur einen kurzen Augenblick, der aber eine ungeheure Wirkung hatte. Ich schrie auf. Tür und Fenster, die beide auf die Strasse hinausgingen, hatte er geschlossen. Dann legte er den Stab einen Augenblick auf den Daumen. Ich roch verbranntes Fleisch – mein Fleisch. Und schrie noch lauter. Er fuhr mich an, ich solle still sein, und machte weiter. Warum meine Mutter hinausging? Warum sie mich mit dem Schmerz und der Erniedrigung durch die brutale Seite meines Vaters allein liess? Ich weiss es. Ich weiss, warum meine Mutter floh. Mir bleibt nichts verborgen. Sie floh, um die Tortur zu verkürzen. Wäre sie geblieben, so hätte sie nicht anders können, als ihm Widerstand zu leisten. Und er hätte sich, herausgefordert und provoziert, Zeit gelassen. Also wählte sie die für mich und für sich weniger schmerzhafte Lösung.

Bevor die Nachbarn kamen, hatte mein Vater den Spiess wieder an seinen Platz gestellt, den Gaskocher abgestellt und meinen Strick gelöst. Dann machte er die Tür auf und verliess wortlos den Raum. Sâdik war nicht unter ihnen. Meine Mutter kam hinter den anderen herein, war aber zuerst bei mir. Sie war zornig. Ihr Gesicht und besonders ihr Hals waren dunkel angelaufen. Unschlüssig ging sie hin und her. Schliesslich stürzte sie sich auf das Geografiebuch, packte es und lief damit hinaus. Als sie nach einigen Augenblicken zurückkam, hatte sie das Buch nicht mehr bei sich.

Ich war nicht in der Lage, meiner Mutter in den Weg zu

treten. Die Nachbarn umstanden mich, mit mir und meinen Wunden beschäftigt, und ich war erschöpft und zu nichts imstande. Ich versuchte, meine Tränen unter Kontrolle zu bringen, vermochte aber ihren Strom nicht zu stoppen. Meine Mutter hielt sich fern von mir und überliess es den anderen, meine verbrannten Finger zu pflegen. Doch in Gedanken lief eine lautstarke Diskussion zwischen mir und ihr ab. Einmal hatte ich den Sohn jenes Beamten gefragt, ob sein Vater ihn schlage, was er verneinte. Ob er ihn ausschimpfe. Nein, oder nur selten. Darum hatte ich ihn beneidet, und doch hatte ich trotz allem nie gewünscht, meine Mutter hätte einen anderen als meinen Vater geheiratet. Eines Tages fragte ich jenen Kameraden auch, ob sein Vater wisse, dass die Erde kugelförmig ist und sich dreht. Dieser habe es ihm, erklärte er, schon erzählt, bevor er davon in der Schule hörte. Und seine Mutter? Sie spotte nur, wenn er mit seinem Vater über dieses Thema spreche. Einmal dann, nach langem Zögern, fragte ich ihn, ob er seinem Vater je erzählt habe, dass meine Mutter ihn küsst, wenn er mich besuchen kommt. Die Frage überraschte ihn, was mich verlegen machte, und das Thema wurde zwischen uns nie wieder angeschnitten.

Noch lange Jahre danach kam mir zu meiner Überraschung hin und wieder die Frage, ob er sich wohl noch daran erinnere. Und als mir meine Mutter die Einzelheiten ihrer Hochzeit erzählte, bat ich sie, das nie jemand anderen wissen zu lassen, worauf sie erwiderte, dass sie heute mich und meine Geschwister als wertvoller als alle Schätze dieser Welt zusammen ansehe. Das empfand ich als zutiefst tröstlich: Wir waren im Haus, und vor ihr stand eine Schüssel voller frischgewaschener und noch sonnenwarmer Kleider. Sie war dabei, ihre Wäsche von der Dachterrasse hereinzuholen, legte weisse Unterwäsche zusammen und tat sie in den Schrank. Sie sass da, im klaren Schatten.

Aber in die Heilung, Herr Kawabata, scheint sich meist auch ein Stück Kummer zu mischen. Denn schnell kam ich auf die Idee, sie zu fragen, warum sie eigentlich meinen Kameraden allemal küsse, während seine Mutter das mit mir nicht tue, was mich immer schmerzte. Seine Mutter achtete überhaupt nicht darauf, wenn ich zu ihnen kam oder wieder ging. Es war, als wäre ich ein Niemand, nichts Negatives und nichts Positives, völlig gleichgültig, wie ihr Sohn für meinen Vater.

Mein Vater. Ich sehe sein Gesicht, während er mir den glühenden Spiess auf den Finger legt. Es hat ihn geschmerzt, da bin ich sicher. Auch Ibrahîm, unseren biblischen Stammvater, hat es geschmerzt, als er seinem Sohn das Messer an den Hals legte, kurz bevor er die Stimme Gottes hörte, der ihn im entscheidenden Augenblick anrief.

Nur das Feuer reinigt. Die Tortur mit dem Feuer hinterlässt tiefere Spuren als jede andere. Deshalb ist es durchaus kein Zufall, dass die Religionen zur ewigen Sühne für die Übeltäter das Feuer gewählt haben. Heutzutage, Herr Kawabata, wird das Feuer mit dem Schwert in Zusammenhang gebracht. Man nennt sie in einem Atemzug. Ist nun aber das Feuer allein stärker als in Verbindung mit dem Schwert?

Ich habe immer alles um mich herum vergessen, wenn meine Mutter meinem Vater ihre Liebe zeigte. Ich empfand das als zutiefst tröstlich. Sie tat es nicht mit klaren Worten. Meine Mutter kann nicht gut mit Worten umgehen. Meine Mutter ist ein Baum. Ein Baum bringt seine Früchte hervor, wenn es an der Zeit ist. Ich habe Ihnen doch schon erzählt, Herr Kawabata, was sie antwortete, wenn jemand eine Bemerkung über ihre grosse Kinderzahl machte? Sie könne ihre Kinder doch nicht nach Belieben im Bauch behalten.

Im Gegensatz zu vielen Leuten, die als Kind schockiert waren, wenn sie ihre Eltern plötzlich irgendwo oder gar im Bett nackt sahen – *bei uns schliefen die Eltern nicht im selben Bett* –, habe ich mich darüber gefreut. Dabei leugne ich nicht, dass ich überrascht war und eine gewisse Beklemmung spürte, doch es war eine aus dem Augenblick geborene Beklemmung, die sofort wieder verschwand. Ich freute mich, und diese Freude nahm im Laufe der Zeit noch zu. Meine Mutter liebte meinen Vater also. Denn meiner Vorstellung nach war die Umarmung – *und was für eine Umarmung!* – Ausdruck von Liebe. Es war am frühen Morgen, und ich war auf dem Weg ins Bad. Dort standen sie, zwei Geschöpfe in einer ganz eigentümlichen Gestalt. Im Lauf der Tage zog ich aus dem, was ich beobachtet hatte, Folgerungen: Was sie an jenem Tag getan hatten, taten sie sicher immer. Gleichzeitig erfuhr ich von meinen Kameraden etwas über den Hauptunterschied zwischen Mann und Frau. Zum Beispiel, dass der Mann nur ein Loch hat, die Frau dagegen deren zwei, eines hinten, wie der Mann, ein anderes vorne. Aus letzterem komme das Kind, das sie neun Monate in ihrem Bauch trägt. Da dieses Loch eng sei, sei die Geburt schmerzhaft. Es sei so eng, dass es nicht einmal Platz für einen kräftigen Männerfinger biete, weshalb es schmerzhaft sei, wenn ihr Mann in sie eindringe, besonders beim ersten Mal. Dann schreie die Frau und weine und versuche, ins Haus ihrer Eltern zurückzukehren. Viele Frauen würden sogar ihren Männern in der Hochzeitsnacht weglaufen und zu ihren Eltern zurückkehren, aber diese würden sie zwingen, wieder zu ihrem Mann zu gehen, wo sie dann wochen- und monatelang verzweifelt und bitterlich weinten, bis sie sich daran gewöhnt hätten. Manche von ihnen seien gebrandmarkt, weil das Ding des Mannes, wenn es sie berühre, manchmal glühend heiss sei. Aber ihr Ding weite sich durch die Wiederholung und werde dunkel, und dann spüre sie keinen Schmerz mehr.

Der Mann dringt, so erfuhr ich, in die vor Furcht, Scham und Schmerz weinende Frau ein und lässt, schreiend wie ein wildgewordenes Vieh, eine Flüssigkeit in sie laufen, worauf sie schwanger wird. Danach deckt sie sich mit allem Verfügbaren zu, rollt sich vor Schmerzen zusammen und würgt an ihren Klagelauten, während der Mann aufsteht und einen ganzen Brotfladen mit ein wenig Zucker drauf verschlingt.

„Anders geht es nicht?" fragte ich. Ich verstand genau, was ich sah, und mein Herz war, trotz allem, was die Kameraden erzählten, zuversichtlich. Ich kannte meine Mutter, und das machte mich besonders zuversichtlich. Wenn sie etwas nicht wollte, konnte niemand auf der Welt sie dazu zwingen. Vor allem mein Vater nicht. Er konnte sie nicht hindern, barfuss in die Kirche zu gehen, und das trotz Regen und obwohl die Strasse unter Wasser stand. Das war am Tag, als sie ihr Gelübde erfüllte. Er verlangte von ihr nur zu warten, bis es wieder aufklarte. „Möglich, dass es einen Monat lang nicht aufhört zu regnen", warf sie ein, ging und kam wieder zurück. Wie gern ich sie begleitet hätte!

Ich betete, kein Glassplitter und kein Nagel auf der Strasse möge sie am Fuss verletzen, und auch erkälten solle sie sich nicht. Während Tagen spähte ich, die Schadenfreude meines Vaters fürchtend, nach Anzeichen einer Erkältung bei ihr, aber nichts geschah. Als sie an jenem Tag aus der Kirche zurückkam, regnete es noch immer, und kalt war es auch. Der Schnee auf den Bergen war schon auf halbe Höhe herabgekommen, die Gipfel waren längst weiss, die Gassen im Ort menschenleer. Meine Mutter war völlig durchnässt; das Wasser tropfte ihr aus dem langen Haar, und ihre Kleider sahen aus, als hätte man sie gerade aus dem Waschzuber gezogen, und zur Kirche waren es nur fünf Minuten hin und ebenso viele zurück. Sie erhitzte Wasser und trug es ins Bad, wo sie verschwand, um sich zu waschen. Mein Vater ging zur verschlossenen Badezimmertür und neigte den Kopf nach vorn wie jemand, der eine Frage gestellt hat und nun von hinter der Tür eine Antwort erwartet. Doch er hatte keine Frage gestellt, und es kam auch keine Antwort.

Ein Handtuch ums Haar gewickelt, kam meine Mutter aus dem Badezimmer. Sie trug ein dickes, warmes Kleid und setzte sich neben den Ofen. Nachdem sie sich, in die rote Glut sinnierend, ein wenig aufgewärmt hatte – mein Vater stand schweigend am Fenster –, bat sie meine Schwester, sie zu kämmen. Wie eine Königin, und meine Schwester als ihre Zofe. Beim Mittagessen unterhielten sie sich – meine Mutter und mein Vater. Ungeduldig und ängstlich hatte ich auf diesen Augenblick gewartet. Mein Vater erkundigte sich nochmals nach dem Motiv für ihr Gelübde. Ein erstes Mal hatte er vor ihrem Kirchgang danach gefragt und sie leicht gereizt und spöttisch geantwortet, dass ja wohl vieles im Haus Anlass dazu biete. Im selben Tonfall sagte sie jetzt: „Meinst du nicht, dass wir etwas brauchen?"

Ich erinnere mich genau, Herr Kawabata, ich vergesse ja nichts, dass wir Anfang Dezember hatten und dass es regnete, aber zum erstenmal in jenem Jahr. Die Olivenbäume trugen fast nichts, und was sie trugen, war mickrig, weil der Regen zu spät kam. Weder reichte das Wenige, das wir auf unserem Land ernteten, noch gab das Wenige etwas aus.

Sorgen und finstere Blicke, während die Bottiche fast leer waren. Für Mutter war es unvorstellbar, dass wir, die wir in guten Jahren immer Öl verkauften, gezwungen sein sollten, es diesmal zu kaufen. Unmöglich! Eine staatliche Anstellung dagegen bot Sicherheit.

Damals war die Frau jenes Beamten für die Geburt ihres zweiten Kindes im Krankenhaus; der Staat übernahm ja alle Kosten. Meine Mutter half, wie die anderen Frauen des Viertels, während der Abwesenheit der Frau im Haus jenes Beamten. Auch die Männer des Viertels liessen ihn nicht allein. Mein Vater begleitete meine Mutter. Ich begleitete beide. Nur einmal begleitete ich meine Mutter allein, und zwar ohne dass sie mich darum gebeten hätte. Ich sah einfach, dass sie das Haus verliess und schloss mich ihr an. Sie sah, wie ich neben ihr her lief, reagierte aber nicht darauf. Ich kannte ihr Ziel. Sie ging hinein, und ich folgte ihr. Er begrüsste sie und dankte ihr. Sie wandte sich geradewegs zur Küche. Ich folgte ihr und liess sie keinen Augenblick allein. Ein paarmal kam er herein und fragte, ob sie etwas brauche, und jedesmal schaute ich ihn an, als sähe ich ihn zum erstenmal. Er sah aus wie die Leute aus der Stadt eben aussehen, war sehr bleich und hatte eine zarte Haut. Auch sauber war er – sauber unter den Fingernägeln, wie sich meine Mutter bei Beamten immer ausdrückte –, aber seine Sauberkeit war nicht die Sauberkeit von jemandem, der geschwitzt hat oder an dessen Körper und Kleidern der Schmutz der Erde klebte. Ich spürte, offen gesagt, ihm gegenüber keinen Abscheu, aber ich hätte ihn, wäre ich eine Frau gewesen, nicht zum Mann gewählt. Er trug eine Krawatte, über deren Knoten sein fleischiger Hals hing, und manche Wörter sprach er aus wie die Leute aus der Stadt.

Die ganze Zeit, die ich mit meiner Mutter in jener Küche verbrachte, bereitete ich mich auf den Augenblick vor, in dem sie mich auffordern würde, irgend etwas von Zuhause zu holen. Ich hätte es strikt abgelehnt. Ich fürchtete sogar, ich könnte es trotzig ablehnen, noch bevor sie mich aufforderte, und ihr zum Beispiel, ungefragt, sagen: „Ich werde diesen Ort nie und nimmer verlassen." Aber meine Mutter forderte mich zu nichts auf.

Dann kam eine Nachbarin, danach kamen Gäste. Meine Mutter beendete die Arbeit und während wir gemeinsam das Haus des Beamten verliessen, fragte ich ihn nach seinem Sohn und erfuhr, er sei bei seiner Mutter, die ihn habe sehen wollen.

Später habe ich mich oft gefragt, Herr Kawabata, was ich wohl getan hätte, wenn meine Mutter mich gedrängt hätte, was sie oft tat, wenn sie mich angeschrien und mit einem Schuh hinter mir hergerannt wäre, um mich zu schlagen. Wäre ich ihr wohl davongelaufen?

In jener Nacht betete ich, Herr Kawabata. Es war aber nicht der Dank, der mich dazu veranlasste. Es war das Entsetzen. Das Entsetzen. Ich meine, wie wenn der Blitz beispielsweise in die Kirchenkuppel einschlägt und den gewaltigen Schöpfer des Universums provoziert.

Ich habe nicht vergessen, Herr Kawabata, Ihnen zu erzählen, dass erst lange nachdem die Nachbarin gekommen war, meine Mutter sie darum bat, eine Pfanne aus unserem Haus zu holen, eine Bitte, die mich eher misstrauisch machte, als mich zu beruhigen. Ich habe nicht vergessen, Ihnen das zu erzählen, sondern ich habe damit gewartet. *Herr Kawabata, ich habe Ihnen schon gesagt, dass ich mir Aphorismen notiere, die ich für wesentlich halte. Hier ist einer davon: „Würde jeder äussern, was er auf dem Herzen hat, so wäre der Gestank auf Erden unerträglich."*

Damals war ich nicht in der Lage, das Geschehene in Worte zu fassen, wie ich es später tat, nachdem ich in der

Schule weitergekommen war. Dann sagte ich mir insgeheim, dass meine Mutter eigentlich, schon bevor die Nachbarin gekommen war, mich darum bitten wollte, worum sie dann diese bat, aber nicht den Mut dazu hatte oder es nicht wollte. *Ach, ihr Bäume, ihr bringt Früchte hervor, wenn die Früchte schon reifen!* Als sie der Frau gegenüber ihre Bitte aussprach, sah sie aus wie jemand, der sich eine Eiterbeule ausgedrückt hat und nun erleichtert ist. Sie hatte ausgeleert, was sie auf dem Herzen hatte.

Als wir zusammen nachhause zurückgekehrt waren, fragte mein Vater mit einer Normalität, die keinen Zweifel an seinen Hintergedanken liess, wo sie gewesen sei. Sie erklärte es ihm, während ich beunruhigt war, dass er mich fragen könnte, ob ich dabei gewesen sei. Darum ging ich weg und versteckte mich. Aber wohin gehen, wo sich verstecken in diesem Einzimmerhaus? Ausserdem wollte ich gar nicht wirklich weggehen, sondern dableiben und zuschauen, was geschehen würde. Schliesslich ging mich die Sache zuallererst an.

„Glaubst du, wir müssen dieses Jahr Öl kaufen?"

„Aber klar, oder siehst du das anders?"

Ich wusste, dass Sâdik meinem Vater von unseren Treffen erzählte, die niemandem im Ort verborgen geblieben waren. Aber ich war sicher, dass er ihm nie die Geschichte mit der Zeitung erzählen würde, und zwar aus zweierlei Gründen. Erstens war der Zwischenfall so brutal und schmerzlich gewesen, dass die Scham ihm gebot, ihn zu vergessen und nicht darüber zu sprechen. Zweitens erlaubte mein Vater niemand anderem, mich zu schlagen; das war allgemein bekannt, und besonders Sâdik wusste es, nachdem mein Vater einmal über den Sohn eines Verwandten von Sâdik, der älter war als ich, fast mit dem Messer hergefallen wäre, weil er mich geschlagen hatte, als wir auf einem unbebauten Grundstück im Viertel gespielt hatten. Damals hatte ich mich bei meinem Vater noch nicht zuende beschwert, als er auch schon nach einem Messer griff und hinausstürzte. Der Junge sah ihn auf sich zukommen und ergriff die Flucht. Mein Vater rannte hinter ihm her, bis er ihn eingeholt hatte. Und er hätte ihm das Messer in den Leib gerammt, wenn der Junge nicht um Hilfe geschrien hätte. Darauf verzichtete mein Vater auf das Messer und begann, den Jungen zu traktieren, wie und wo er ihn gerade traf. „Wie ein gerupftes Huhn hast du mir meinen Jungen zurückgeschickt!" schrie seine Mutter meinen Vater an und drohte: „Wart nur, bis sein Vater zurückkommt."

Als dieser zurückkam, liess ihn die Frau gar nicht erst über die Schwelle des Hauses, sondern erzählte ihm gleich draussen von dem Vorfall. Der Mann hatte einen Spaten in der Hand, den er hochhob und auf meinen Vater niedersausen liess, was diesen jedoch nicht überraschte, da er eine solche Reaktion erwartet hatte. Er konnte dem Hieb ausweichen, und der Spaten traf funkenschlagend auf den Asphalt. Dann war es an meinem Vater, der seine Pistole im Gürtel stecken hatte, aber das Messer wählte. Er verletzte den Mann an der Seite, glücklicherweise nur leicht. *Ich sage glücklicherweise, Herr Kawabata, weil ich nicht wollte, dass er ihn umbrachte, aber zufrieden war, dass er ihm einen Denkzettel verpasst hatte.* In diesem Augenblick kamen die Nachbarn dazu und trennten die beiden. Doch meine Mutter und die Frau des Nachbarn konnten sie nicht mehr voneinander fernhalten. Diese waren zwar nicht handgreiflich geworden, schleuderten sich aber aus einigen Metern Entfernung wüste Beschimpfungen zu. Es war das erste Mal, dass ich meine Mutter Worte von der

Art austeilen hörte, wie wir, meine Kameraden und ich, sie uns später zuflüstern sollten, wenn auch auf andere Weise und in anderer Absicht. „Du mannstolle Kreatur …", kreischte meine Mutter. „Ich eine mannstolle Kreatur? du Hurenweib!" doppelte jene zurück, worauf es ihr meine Mutter mit etwas heimzahlte, das sie ein paar Zoll vom Boden aufspringen liess: „Du nennst mich ein Hurenweib, du, die sich von diesem Affen da – sie zeigte auf jemanden – auf den blanken Boden unter den Olivenbäumen legen liess!" Neben dem gemeinten Mann standen seine Frau und seine kleinen Kinder.

Da gab es ihr die andere. Sie, meine Mutter, sei doch … Und dann sagte sie Dinge, die ich nicht mehr klar aufnehmen konnte, weil der Schlag, der mich donnernd traf, so ungeheuer war, dass ich das Gefühl hatte, mich aufzulösen, zu verschwinden. Beide Frauen schäumten vor Wut, doch schliesslich gelang es den Nachbarn, sie ins Haus, jede in ihres, zu bringen.

Dieser Vorfall hatte beinahe Opfer gefordert. Wie hätte Sâdik es da wagen können, die Geschichte mit der Zeitung zu erzählen! Selbst die Lehrer in der Schule zögerten häufig, mich zu schlagen. Und ich meinerseits hütete mich ebenso häufig, Dinge zu tun, für die ich Prügel verdiente, damit mich nicht einer verprügelte und mein Vater davon erführe.

Ich erinnere mich an einen Fall. Es war im Klassenzimmer, gegen Mittag, einige Minuten bevor es läutete. Ich musste immer dringender aufs Klo; schliesslich war es nicht mehr auszuhalten. Doch der Lehrer hatte uns, nachdem drei Schüler hintereinander „mal mussten", klar gemacht, das reiche jetzt und wer trotzdem bitte, mal geschwind hinauszudürfen, werde auf jede Hand zwei Tatzen der gröberen Art erhalten. Unglücklicherweise stellte sich bei mir dieses Bedürfnis völlig überraschend ein, und statt sich in den normalen Grenzen zu halten, wuchs es rasch, der Lehrer aber war bekannt für seine Strenge und seine Unerbittlichkeit. Einige Augenblicke, nicht mal eine Minute vor dem Ende der Stunde, brach mein Widerstand zusammen. Dann klingelte es, noch bevor das Malheur allzu bemerkbar geworden war. Zuhause konnte ich die Wahrheit jedoch nicht verbergen. Mein Vater wurde wütend, suchte den Lehrer auf und lieferte sich mit ihm einen heftigen verbalen Schlagabtausch.

Später dann, und ganz im geheimen, hatte ich Angst um den Geografielehrer, aber ihm etwas anzuhaben war gar nicht leicht, da er einen besonderen Charakter besass. Er war stark, aber seine Stärke rührte nicht daher, dass er einer gewichtigen Familie im Ort entstammte. Es war etwas anderes, es war die Art, wie er den Leuten gegenübertrat, die Zivilcourage, deren er allein sich erfreute.

Sâdik wusste all das über meinen Vater, ja, er wusste alles über ihn; er war sein engster Freund. Mein Vater war es, der ihm seine Frau verschafft, der als Vermittler zwischen ihm und ihrer Familie fungiert hatte. Doch die Frau war schon nach zwei Jahren Ehe an einer Krankheit gestorben, die niemand kannte. Sie hatte immer weniger gegessen, schliesslich nichts mehr. Ihre Rundungen waren allmählich verschwunden, bis sie nur noch aus Haut und Knochen bestand. Dann schloss sie ihre Lider für immer, ohne einen Vorwurf an irgend etwas oder irgend jemanden, und ohne ein Kind geboren zu haben. All das unter völligem Stillschweigen, durch das sie während ihrer ganzen Ehe bekannt war. Über Sâdiks Eheleben kursierte nur noch, dass er die ganze Menschheit verflucht habe, wenn er mit seiner Frau geschlafen hatte. „Pfui über diese Menschen", pflegte er auszurufen. Wie hätte er ihm da etwas erzählen sollen?

Vielleicht hat er ihm auch nur erzählt, wie ich die Zeitung vorgelesen habe, ohne zu erwähnen, dass er mich mit einem dicken Rohrstock schlug, bis nur noch das Stück übrig war, das er in der Hand hielt. Aber Sâdik log nicht. Das kann ich versichern.

Niemand, und natürlich schon gar nicht meine Mutter, konnte den Tod meines Vaters voraussehen, wie Sâdik es tat, obwohl niemanden die Todesart erstaunte. Sâdik sah ihn auf sein Ende zugehen, davon bin ich überzeugt, schliesslich war er die Person, die ihm am nächsten stand, was aber nicht notwendigerweise bedeutete, dass mein Vater ihm Dinge anvertraute, die sich in seiner Seele drängten. Sâdik reimte sich zusammen, was sich abspielte. Wenn man von ihm eine Aussage über die Umstände des Mordes verlangt hätte und wenn er wirklich hätte mitteilen wollen, was nicht zu sehen war, hätte er mich ohne zu zögern angeklagt.

Ich sagte, niemanden erstaunte die Todesart, aber für mich kam es doch überraschend. Mein Vater hatte erfahren, dass ich mit einigen Kameraden nach Beirut gefahren war, um an einer Demonstration teilzunehmen, zu der die Allgemeine Arbeiterunion aufgerufen hatte und die von den Linksparteien und von allen politischen Kräften unterstützt wurde, die auf seiten des palästinensischen Widerstands standen. Zu jener Zeit existierte eine enge Verbindung zwischen der Umdrehung der Erde, also der wissenschaftlichen Wahrheit, dem studentischen und politischen Kampf und dem palästinensischen Widerstand, der auf die Vertreibung des usurpatorischen zionistischen Feindes abzielte, auf die Zerstörung seines Staates, den er mit Gewalt auf palästinensischer Erde errichtet hatte.

Es war das zweite Mal, dass ich nach Beirut ging. Beim ersten Mal hatte mich mein Vater mit auf den Flughafen genommen, als ich noch nicht mal zehn Jahre alt war. Es war also das erste Mal, dass ich selbständig dorthin ging, sogar ohne dass meine Eltern davon wussten, die sich dem ganz sicher widersetzt hätten. Wir, meine Kameraden und ich, verfolgten die schwierigen Verhandlungen, die Vertreter der Arbeiterschaft mit dem libanesischen Staat führten, in der fortschrittlichen Presse, die wir täglich am Vor- und am Nachmittag erstanden. Der Termin für den Generalstreik war schon etwa einen Monat festgelegt, und die Zeit lief auf den entscheidenden Tag hin. Die Forderungen der Arbeiter lauteten auf mehr Lohn in allen Sektoren, der Standpunkt der Regierung dagegen war, dass weder die Möglichkeiten des Staates noch des Privatsektors eine solche Erhöhung zuliessen. Damals erfuhren wir zum erstenmal, dass die Regierung gar nicht in der Lage war, eine Schiedsrichterrolle zwischen Arbeitnehmern und Arbeitgebern im Privatsektor zu übernehmen, weil sie schliesslich und endlich nichts anderes war als Repräsentantin der Letzteren. Ausserdem konnte sie sich auch nicht hinter den begrenzten Möglichkeiten des Staates verschanzen, weil sie ja die Gelder verschwendete, indem sie bei Geschäftsabschlüssen die Augen schloss, öffentliche Gelder entwendete und auf Steuern bei den Riesengewinnen verzichtete, die das Handels- und Industriekapital erzielte. Schliesslich, und das war der springende Punkt, würde ein Sieg der Arbeiterklasse deren Selbstsicherheit stärken sowie die immensen Energien freisetzen, die in ihr angelegt sind. Ein Sieg würde auch das Bewusstsein ihrer historischen Rolle fördern und damit einen äusserst wichtigen Schritt auf dem Weg zur Erlangung der Macht bedeuten. Zusätzlich zu all diesen offensichtlichen Aspekten hätte ein Sieg auch immense Folgen für den Verlauf des Fortschritts im allgemeinen und für die Glaubwürdigkeit der Orientierung des Wissenschaftlichen Sozialismus in seiner Eigenschaft als Fackel für den Kampf. Last, but not least wäre ein solcher Sieg Beweis für die Richtigkeit der Frontarbeit, die unserem Glauben an das gemeinsame Schicksal entsprang, das die Volkskräfte im Libanon mit dem bewaffneten palästinensischen Widerstand verband, der von seinem Territorium aus operierte; denn ohne den bewaffneten palästinensischen Widerstand, der seine Verbündeten, die fortschrittlichen und die islamischen libanesischen Volksmassen, unterstützte, wäre es unmöglich gewesen, den in maronitischer Hegemonie verkörperten Machtapparat zu solchen Zugeständnissen zu zwingen.

Wir kauften die Zeitungen und warfen sie nach der Lektüre fort. Nachhause konnten wir sie nicht mitnehmen, um keine Fragen zu riskieren, deren Beantwortung uns in einen vorläufig nutzlosen Disput mit unseren Familien gebracht hätte. Aber trotz dieser Vorsicht fand mein Vater einmal eine solche Zeitung zuhause auf dem Tisch, auf den ich meine Bücher zu legen pflegte. Er nahm sie, blätterte darin herum und schaute sich diese fremden Gesichter an – *diese Kreaturen, wie er sich ausdrückte, wenn er die Bilder von Leuten sah, deren Namen in Zeitungen und im Radio immer wieder auftauchten.* Doch er verstand nichts von dem, was er sah, und war gezwungen, meine Mutter um Hilfe zu bitten. Er brachte ihr die Zeitung und teilte ihr seine Beunruhigung mit, ihr, die ihre Überraschung nicht verbergen konnte, was seinen Argwohn nur noch verstärkte: „Siehst du jetzt, wohin uns das bringt, wenn du ihn schützt und verteidigst?" – „Was schadet es, eine Zeitung zu lesen?" fragte meine

Mutter zurück, im Versuch, ihres Schocks Herr zu werden. „Gestern die Erde, die eine Kugel sein und sich drehen soll. Heute eine Zeitung. Und morgen gibt es womöglich keinen Gott mehr. Oder glaubst du etwa, die Zeitung sei ein Gebetbuch?" Im Haus war eine Schlange. „Im Haus ist eine Schlange!" schrie mein Vater meiner Mutter ins Gesicht, so zornig, dass eine Widerrede nicht in Frage kam. Im Haus war eine Schlange! Konnte man darin wohnen? Und schlafen?!

Die Schlange, Herr Kawabata, ist bei uns ein gefährliches, giftiges Geschöpf, wobei sie ihre Gefährlichkeit nicht nur ihrem Gift verdankt, sondern auch ihrer Bösartigkeit und ihrer Fähigkeit, sich unbemerkt hineinzuschleichen, wo immer sie will, egal wie aufmerksam und vorsichtig man ist.

Angesichts einer Schlange darf bei uns, Herr Kawabata, auch ein Mann, und sei er noch so kühn und unverzagt, aus Furcht zittern. Und mein Vater konnte den Anblick des glatten Bauchs meiner Mutter nach jeder Geburt nicht ertragen, weil die Wände unseres Hauses voller Ritzen waren, aus denen die Schlangen hervorkrochen, um sich überall hineinzuschleichen und uns in Augenblicken der Unaufmerksamkeit zu überraschen. Eine schwangere Frau fürchtet und meidet die Schlange und versteckt sich vor ihr unter der siebten Erde.

Meine Mutter ist schwanger. Diese Schlange jedoch, der er sich gegenüber sieht, fürchtet sich nicht vor Schwangeren, und die ihm bekannten Methoden zur Schlangenbekämpfung nützen diesmal nichts. Denn diese Schlange besitzt keinen Kopf, den man abschlagen kann; kein Rauch erstickt sie, kein Zauber schreckt sie, kein Gift tötet sie. Was also tun? Er trug die Zeitung zu Abu Michaîl, dem Leser und Schreiber des Viertels, obwohl meine Mutter das zu verhindern suchte, weil sie befürchtete, dieser möchte ihm ein Geheimnis daraus offenbaren, das zu einer schlimmen Konfrontation mit mir führen könnte – *schlimm in Wirklichkeit für die ganze Familie und besonders für sie:* „Zerreiss sie, er braucht sie nicht nochmal zu lesen. Dann hat die Sache ein Ende." Er sagte nein. Das sei nicht wie die Schlangen, die er, wie wir ja wüssten, getötet und dann für immer Ruhe vor ihnen gehabt habe. Das hier bedürfe anderer Massnahmen.

Nachdem Abu Michaîl die Zeitung entgegengenommen und sie unter dem ungeduldigen Blick meines Vaters lange betrachtet hatte, sagte er: „Ich werde sie dir nicht vorlesen; die Lektüre bringt nichts. Aber ich rate dir, die Sache mit ihm rasch in Ordnung zu bringen, wenn du es ihm nicht ausreden kannst. Aber versuch erst, sie ihm auszureden." – „Aber wie?" wollte mein Vater wissen. „Das weisst du am besten", versicherte Abu Michaîl, „du bist der Beste und Edelste deiner Generation." Aber wie könnte mein Vater, der Beste und Edelste in seiner Generation, mir etwas ausreden?!

Was mir geschah und was um mich herum geschah, daran erinnere ich mich bestens, Herr Kawabata, und das kann mir niemand ausreden. Was mein Vater tat? Mein Vater tat überhaupt nichts, weil die einzige Möglichkeit, die er hatte – nämlich die entscheidende Konfrontation mit mir –, äusserst schwierig war. Er hätte die ganze Familie kaputt gemacht und wäre danach selbst ein kaputter Mensch gewesen, kein normaler Bewohner dieser altehrwürdigen Ortschaft mehr, kein Herr über eines ihrer Häuser, kein mit Kühnheit gesegneter Ritter – mein Vater. Also schwieg er und kam nie wieder auf die Zeitung zu sprechen. Mehr noch, er legte sie auf den Tisch zurück, wo und wie sie gelegen hatte, dieselbe Seite, derselbe Artikel. So unverändert war alles, dass mir nichts auffiel. Es war meine Mutter, die mir alles erzählte. Sie sagte mir auch, wenn das so weitergehe, würde ich unsere ganze Familie kaputt machen. Da konnte ich nicht mehr an mich halten. „Hör zu", sagte ich zu ihr, „noch vor ein paar Jahren bist du, beladen mit unserer schmutzigen Wäsche, zum Fluss hinuntergegangen, um sie dort zu waschen. Inzwischen fliesst das Wasser in dein Haus. Du musst nur noch den Wasserhahn aufdrehen, und schon sprudelt es dir wie ein Wasserfall entgegen. Noch weniger lang ist es her, da waren deine Nächte finster. Inzwischen musst du nur auf einen kleinen Knopf an der Wand drücken, und schon verwandelt sich deine Nacht in einen Tag. Wie oft schon hast du Vater gesagt, irgendwann müssten wir daran denken, einen Kühlschrank zu kaufen, damit wir diesen Speisekasten loswerden könnten, der an einem Strick mitten im Haus von der Decke hängt." *Ich schaffte es nicht, sie daran zu erinnern, wie sehr sie sich freute, wenn mein Vater einen von uns zu den Nachbarn, der Familie des Beamten, schickte, um aus deren Kühlschrank eiskaltes Wasser zu holen, manchmal sogar Eis, das aussah wie der Schnee auf den Bergen; nur fester war es.* Ob sie denn wisse, woher das Gas kommt, mit dem sie inzwischen auch, und zwar erst seit ein paar Monaten, koche, fragte ich sie, und zwar alles, was sie wolle, ohne Lärm und Getöse, mit Hilfe eines einzigen Streichhölzleins. Das sei die Wissenschaft, erklärte ich ihr. „Es ist die Wissenschaft, die alle sechs Kinder, die du bisher geboren hast, am Leben bleiben liess. Kein einziges ist gestorben. Das ist dieselbe Wissenschaft, die gesehen hat, was du auch siehst, dass die Erde nämlich eine Kugel ist und dass sie sich dreht. Daran ist nicht die Wissenschaft schuld. Es ist nicht ihr Fehler, dass sie sah, was du auch siehst. Denn wie du mit eigenen Augen siehst, dass der Kühlschrank das Essen kühlt und Wasser zu

Eis macht, genauso sieht sie, dass die Erde eine Kugel ist und dass sie sich dreht."

Da antwortete sie mir! Zum erstenmal widersprach mir meine Mutter. Sie konfrontierte mich mit einem Argument, sie, die sich im allgemeinen mit der Ermahnung begnügte, ich solle erst einmal meinen Oberschulabschluss machen – *sie hatte begonnen, von diesem Abschluss als dem „Oberschulabschluss" zu sprechen, nachdem ich in die Sekundarschule gekommen war –,* damit ich eine höchst angenehme Anstellung bekommen könnte, ausserdem eine ebensolche Frau. „Woher hast du bloss diese Ideen?" fragte sie. „Ich habe noch nie von einer Religion gehört, die das lehrt, was du da behauptest. In welchem Buch liest du und deine Freunde eigentlich, mit denen du Tag und Nacht zusammenbist? Hör doch, mein Junge, verbann diese bösen Ideen aus deinem Herzen. Wir sind Menschen, die Gott brauchen, damit er uns eine Belohnung für unser Elend gewährt." Das war es! Das brachte bei mir das Fass zum Überlaufen. Zumal ich gerade das Brechtsche Theaterstück über das Leben des berühmten Astronomen Galileo Galilei las und mit meinen Kameraden darüber mit grosser Begeisterung und einem noch nie dagewesenen Eifer diskutierte. Ich setzte an, ihr das zu erwidern, was im Theaterstück Galilei erwidert, dass es nämlich für das Elend hier und heute nicht irgendwann später im Paradies eine Belohnung gebe. „Halt den Mund!" fuhr meine Mutter mich an. Meine sanfte Mutter, meine Mutter, dieser Baum, fuhr mich an. Seit langer Zeit hatte sie das nicht mehr getan, seit Jahren, seit ich meinen Grundschulabschluss erhalten hatte und ihre Achtung vor mir ständig wuchs. Ich hatte ohne Schwierigkeit die Grundschule absolviert und war jetzt an der Schwelle des grossen Diploms, des Bakkalaureats, das nur wenige im Ort besassen und das das Tor zu den allerhöchsten Anstellungen auftat; meine Mutter erfüllte das mit Stolz, sie sprach vor den anderen Frauen gern lobend über mich und weidete sich an deren Freude. Meine Mutter sagte zu mir: „Halt den Mund!" und fuhr dann fort: „Wir sollen also unser Leben auf einem Steinklumpen verbringen, auf einem Steinklumpen, der sich mit unzähligen anderen Steinklumpen in einem grenzenlosen Universum dreht?! Was hat sich da eigentlich in deinem hübschen Gehirn eingenistet?! Wir sollen also irgendein rundes Ding sein, das zwischen anderen runden Dingern im Universum herumirrt?! Nun sei doch vernünftig! Wir sollen jetzt also nicht mehr unter dem Blick Gottes stehen?!" Nie habe ich es so genossen, meine Mutter reden zu hören wie damals. Nie habe ich mich so glücklich gefühlt.

Herr Kawabata, ich sah greifbar, wie recht die Bücher hatten. Greifbar! Was meine Mutter da sagte, sie, die in ihrem ganzen Leben keinen einzigen Buchstaben gelesen hatte, das war genau das, was jener kleine Mönch meinte, der sich mit Galilei im Palast des Florentinischen Gesandten unterhielt. Hören Sie mal, was der kleine Mönch sagte: „Ich bin als Sohn von Bauern in der Campagna aufgewachsen. Es sind einfache Leute. Sie wissen alles über den Ölbaum, aber sonst recht wenig. Die Phasen der Venus beobachtend – *er, der kleine Mönch, war auch Astronom gewesen, hatte aber dieser Wissenschaft den Rücken gekehrt, aus Furcht vor den gefährlichen Folgen, die sich aus ihren Resultaten ergaben* – kann ich nun meine Eltern vor mir sehen, wie sie mit meiner Schwester am Herd sitzen und ihre Käsespeise essen. Ich sehe die Balken über ihnen, die der Rauch von Jahrhunderten geschwärzt hat und ich sehe genau ihre alten abgearbeiteten Hände und den kleinen Löffel darin. Es geht ihnen nicht gut, aber selbst in ihrem Unglück liegt eine gewisse Ordnung verborgen.

Was würden sie sagen, wenn sie von mir erführen, dass sie sich auf einem kleinen Steinklumpen befinden, der sich unaufhörlich drehend im leeren Raum um ein anderes Gestirn bewegt, einer unter sehr vielen, ein ziemlich unbedeutender. Wozu ist jetzt noch solche Geduld, solches Einverständnis in ihr Elend nötig oder gut? Wozu die Bescheidung, der Schweiss, der Hunger, die Unterwerfung? Nein, ich sehe ihre Blicke scheu werden, ich sehe sie die Löffel auf die Herdplatte senken, ich sehe, wie sie sich verraten und betrogen fühlen. Es liegt also kein Auge auf uns, sagen sie. Wir müssen nach uns selber sehen, ungelehrt, alt und verbraucht, wie wir sind? Niemand hat uns eine Rolle zugedacht ausser dieser irdischen, jämmerlichen auf einem winzigen Gestirn, das ganz unselbständig ist, um das sich nichts dreht. Kein Sinn liegt in unserm Elend, Hunger ist eben Nichtgegessenhaben, keine Kraftprobe; Anstrengung ist eben Sichbücken und Schleppen, kein Verdienst, nichts, womit Gott uns prüft."

Herr Kawabata, sind Sie nicht auch überzeugt, dass es genau das ist, was meine Mutter gemeint hat, ja, was sie klar und deutlich ausgesprochen hat, sie, die Analphabetin, die nicht in der Lage ist, auch nur einen einzigen Buchstaben zu entschlüsseln. Wer hatte sie gelehrt, so zu reden? Etwa der Priester? Im Ort gab es gar keinen Priester mit einer höheren Schulbildung. Ich fragte sie ohne zu zögern und mit einem Anflug von Spott: „Wer hat dir denn beigebracht, so zu reden?" Und während sie sprach, Herr Kawabata, konnte ich wirklich nicht glauben, was ich da hörte. Sie antwortete mir, ebenfalls ohne zu zögern, dass niemand lernen müsse, Gottes Angesicht zu schauen. Sogar das dumme Huhn schaue beim Trinken nach oben, um dem Schöpfer zu danken. Und sie habe nie weder Mensch noch Dschinn dermassen giftiges

Zeug daherreden hören, weder Christ noch Muslim noch Jude, ja, nicht einmal die Feueranbeter.

Zu jener Zeit wusste ich noch nichts vom Islam. Ich hatte noch nicht an der Universität in Beirut den Genossen Hassan kennengelernt, der mir von den schlimmen Auseinandersetzungen erzählte, die er über die Kugelgestalt und die Drehung der Erde mit seinem Vater, einem Scheich, gehabt hatte. Sein Vater sei, so erzählte er mir, geschickter gewesen als meine Mutter, da er lesen und schreiben könne und sogar hin und wieder in die Zeitung schaue. Deshalb gab er auch beim ersten Angriff seines Sohnes nach der berühmten Umkreisung der Erde durch Gagarin rasch nach und konzedierte sowohl die Kugelform als auch die Rotation der Erde. Doch dieses Nachgeben bedeutete keine Unterwerfung, sondern war Teil eines wohl durchdachten Plans, um die Niederlage zu vermeiden. Er baute nämlich eine zweite Verteidigungslinie auf – Hassan benutzte im Gespräch, sogar für den erotischen Bereich, immer diese martialische Terminologie – und erklärte, dass alles, was die moderne Wissenschaft bisher über die Erde herausgefunden habe, im Koran niedergelegt sei und überhaupt nicht im Widerspruch zu dessen Lehren stehe, eine Behauptung, die Hassan wütend machte. Er begann, den Koran nach Stellen zu durchforschen, an denen Himmel und Erde vorkommen und in denen er mit exzessiver Klarheit erwähnt fand, dass Gott die Erde ausgebreitet und den Himmel darüber gebaut hat, dass die Sterne Lampen sind, die daran hängen, und so weiter. Er trug sie auf einer Liste zusammen mit dem Namen der jeweiligen Sure, der Nummer des Verses und der Seitenzahl und legte sie seinem Vater vor. „Und wie hat das ganze geendet, Hassan?" wollte ich wissen. Es habe damit geendet, erwiderte Hassan, dass er Haus und Hof verlassen und sich endgültig in Beirut niedergelassen habe. „Und bis heute hat sich daran nichts geändert?" – „Doch", antwortete er, „heute ist die Situation radikal anders. Inzwischen ist der Kampf gegen den zionistischen Feind und das libanesische System voll entbrannt. *Es war Anfang der siebziger Jahre. Der bewaffnete palästinensische Widerstand erlebte seine grosse Zeit, getragen von einer immensen Sympathie unter den sunnitischen Muslimen und natürlich den Linksparteien.* Da mein Vater, der Scheich, im Gegensatz zu vielen anderen Personen aus seiner Religionsgemeinschaft, aufgrund seines Charakters und seines Denkens gegen Unterdrückung und Hegemonie und ganz sicher gegen Israel eingestellt ist, haben wir unseren früheren Zwist vergessen und mit unseren metaphysischen Differenzen Schluss gemacht. Und bei dir", fragte mich Hassan dann, „wie hat das ganze bei dir geendet?" – „Mit dem Tod meines Vaters", erwiderte ich. „Dann hat also", befand er, „bei euch das Schicksal das Thema zum Abschluss gebracht." – „So kann man es ausdrücken, wenn man will", sagte ich. „Und wenn man nicht will", fragte er, „wie kann man es dann ausdrücken?" – „Die ganze Sache ist ausgesprochen kompliziert geworden." – „Ein bisschen deutlicher, wenn ich bitten darf", drängte er. *Hassan schätzte gepflegte Ausdrücke dieser Art, in denen ich eine liebenswerte Reminiszenz an seinen Vater, den Scheich, sah.* „Das könnte eine lange Geschichte werden", erklärte ich. „Sei's drum!" meinte er. „Glaubst du etwa, wir Araber ermangelten der Zeit?" Ich lächelte, weil ich seine Theorie über die Zeit kannte, eine Theorie, die er „Die kommunizierenden Röhren" nannte und die besagte, dass Völkern, die die Zeit besitzen, alles andere fehlt. „Ist sie so lang, dass es dir schwer fällt, sie zu erzählen?"

„Mein Vater wurde", begann ich zu erzählen, „wie viele

andere im Rahmen einer Familienfehde umgebracht." – „Was ist daran so seltsam?" wollte er wissen. „Schliesslich seid ihr da in diesem maronitischen Ort im Norden bekannt für die Blutrache und für eure Familienfehden. Das ist doch eine der Achsen eures Kampfes." – „Wenn es so einfach wäre", entgegnete ich.

Für mich liegt das Problem darin, dass ich an diesen Vorfall, den Mord an meinem Vater, nicht denken kann, ohne unser Verhältnis damit in Verbindung zu bringen. Zwischen ihm und mir herrschte ein erbarmungsloser Krieg. Er sah mich von der Drehung der Erde zum Atheismus schlittern, von dort zum Sozialismus und dann weiter zum palästinensischen Widerstand. Und seiner Meinung nach richtete sich das alles gegen den libanesischen Staat, den die Christen mit Frankreichs Hilfe errichten konnten, sich darin eine Macht aufgebaut hatten, die sie zwar mit den islamischen Glaubensgemeinschaften teilten, für sich selbst jedoch das letzte Wort behielten. So verschafften sie sich die Garantie, dass es zu keiner Neuauflage des Dhimmi-Systems kam, in dem sie während mehr als 1300 Jahren als Schutzbefohlene unter islamischer Herrschaft lebten. Bedauerlicherweise hat er nie über dieses Thema gesprochen. Er gehörte nicht zu Menschen, die ihr Inneres offenlegen. Er war ungeheuer geduldig, bis er plötzlich und unvermittelt explodierte. Ich konnte mich natürlich nicht so weit vorwagen, das mit ihm zu diskutieren. Hätte ich ihm doch sagen können, dass es in unserem Kampf nicht darum geht, den Muslimen die Herrschaft über die Christen zu verschaffen, sondern dass wir das System umkrempeln und an seiner Stelle ein anderes errichten wollen, das für Gerechtigkeit und Gleichberechtigung unter den Menschen sorgt und das jeden einzelnen als Bürger behandelt und nicht als Angehörigen einer Konfession oder eines Clans; auch dass ein solches System das Recht der Menschen auf Glaubens- und Meinungsfreiheit, auf Arbeit, Kultur, Freizeit, Erholung und ärztliche Behandlung sichern würde. Dass dies Sozialismus sei, und dass die Palästinenser ein heiliges Recht hätten, in ihr Land zurückzukehren. *Das war es, was auch er versicherte. Was er befürchtete, war hingegen, dass die Palästinenser in Scharen in den Libanon kämen, aus allen Teilen der arabischen Welt, wo man ihnen die Waffen vorenthielt, während man sie ihnen hier gab und sie mit allen Mitteln unterstützte; danach würden sie sich mit den Muslimen verbünden.* Und dass es unsere Pflicht sei, ihnen dabei zu helfen, weil ihr Feind auch der unsrige sei. Hätte ich ihm das doch sagen können!

„Was hat das alles mit dem Mord an ihm zu tun?" Es fällt mir wirklich nicht leicht, den Zusammenhang zwischen diesen beiden Dingen einleuchtend darzustellen, aber ich kann niemals an den Mord denken, ohne ihn mit unserer Beziehung in Verbindung zu bringen. Ich bin nämlich überzeugt, dass es in diesem Universum niemanden gibt, der seinem Vater gegenüber dieselben Gefühle hegte wie ich dem meinen. Nach der Geschichte mit der Zeitung hat er nie mehr mit mir gesprochen, hat sogar das Haus gemieden, wenn ich zuhause war. „Das ist doch ignorant!" rief Hassan und erzählte, dass sein Vater ihm die französischen Schulbücher zerriss, damit sie nicht mit ihrem gottlosen, lasterhaften und schmutzigen Inhalt seine reine muslimische Seele korrumpierten. Ja, mehrmals hinderte er sogar die Schüler daran, in die Schule zu gehen, die im Nachbardorf lag. Er zerriss ihre französischen Bücher, was einen Aufruhr unter den Leuten verursachte, die sein Tun teils guthiessen, teils ablehnten. Schliesslich regelte sich die Angelegenheit so, dass man es den Leuten selbst überliess zu entscheiden, was sie für die Zukunft ihrer Kinder für richtig hielten. Hassan erzählte auch, dass er ohne seine Mutter den Schulbesuch nicht hätte fortsetzen können. Doch gelang es ihr nicht, auch seine Schwestern in die Schule zu schicken. „Als ich mit meinen Kameraden nach Beirut ging, um an der Demonstration teilzunehmen", erzählte ich weiter, „wuchs sich die Überraschung meines Vaters zum regelrechten Wahnsinn aus, und danach wurde sein Schweigen, geboren aus Wut und Zorn, so hartnäckig, dass du ihn, hättest du ihn damals gekannt, für die Inkarnation des Schweigens gehalten hättest."

Unser Plan war es gewesen, niemanden, besonders nicht unsere Familien, von unserer Fahrt etwas erfahren zu lassen. Doch der Wind wehte anders, als die Schiffe es wünschten, und der Zufall wollte es, dass es anders kam als geplant. Wir kamen viel zu früh auf dem Burdsch-Platz in Beirut an, dort, wo es losgehen sollte. Es war zehn Uhr morgens, und die Demonstration war auf drei Uhr nachmittags angesetzt. Im Rahmen unserer Planung hatten wir uns nicht viele Gedanken darüber gemacht, wie wir die Zeit zwischen unserer Ankunft und dem Beginn der Demonstration verbringen könnten. Worüber wir uns Gedanken gemacht hatten, das war, wie wir uns aus der Schule und von zuhause entfernen könnten, ohne jemandes Aufmerksamkeit auf uns zu lenken, und wie wir nach der Demonstration rechtzeitig vor Sonnenuntergang wieder aus Beirut zurücksein könnten, da ja die Schule schon um vier Uhr nachmittags zuende war. Das erste Problem war nicht sehr schwer zu lösen. Uns von zuhause oder aus der Schule zu entfernen, kannten wir Mittel und Wege. Spät am Tag nachhause zurückzukommen dagegen war ein Problem, dessen Lösung einer kreativen Phantasie bedurfte. Wir beschlossen, nur den Beginn der Demonstra-

tion mitzumachen und danach sofort ins Dorf zurückzufahren, um ganz sicher vor sechs Uhr dort zu sein, vielleicht
sogar schon vor fünf oder gar gegen halb fünf, wenn wir das
Glück hätten, einen rasanten Fahrer zu bekommen. Wir
waren ja zu fünft, das heisst, wir würden ein ganzes Service-
Taxi füllen und könnten sofort ohne weiteres Warten ab-
fahren.

Nach unserer Ankunft hatten wir also eine lange Zeit vor
uns, fünf Stunden, von denen wir nicht wussten, wie wir sie
verbringen sollten. Wir diskutierten lange darüber und
schlenderten dabei in der Umgebung des Platzes umher, von
dem wir uns zwar einerseits nie weit entfernten, um uns
nicht zu verlaufen, den wir andrerseits aber doch zu meiden
gezwungen waren, besonders den Teil, von wo die Service-
Taxis zu unserem Dorf verkehrten, um nicht irgendeinem
Bekannten in die Arme zu laufen und so in die Falle zu
tappen, die wir um jeden Preis umgehen mussten. Plötzlich
und ohne es beabsichtigt zu haben befanden wir uns auf dem
Prostituiertenmarkt, offiziell al-Mutanabbi-Strasse genannt,
nach dem grossen arabischen Dichter, den wir in jenem Jahr
als Abitursthema in Literatur durchnahmen – eine der
herausragenden Persönlichkeiten der klassisch-arabischen
Dichtung. Wir mussten lange und herzlich lachen, wurden
dann aber wieder ernst, als wir aus dieser scheinbaren Ne-
bensächlichkeit den Schluss zogen, dass der Staat pflichtver-
gessen war – *die Pflichtvergessenheit des Staates, das war ein Ausdruck, Herr Kawabata, den wir ständig im Munde führten –,*
ja, dass er der Literatur und den Literaten, der Wissenschaft
und den Wissenschaftlern, der Philosophie und den Philo-
sophen keinerlei Wertschätzung entgegenbrachte. Wir gingen weiter und weiter und befanden uns plötzlich wiederum
in derselben Strasse, wo wir die Schilder mit den Namen der

Frauen zu lesen begannen: Marîka! Dieser Name erregte unsere Aufmerksamkeit. Es war noch nicht einmal zwölf Uhr. Was uns besonders auffiel, war, dass diese Schilder sich nicht von denen unterschieden, auf denen Läden, Cafés oder Firmen angezeigt waren. Auch die Frauen, die wir aus diesen Häusern kommen und in die Läden gehen sahen, erregten unsere Aufmerksamkeit. Viele Dinge erregten unsere Aufmerksamkeit. Wieso gingen wir eigentlich nicht rein? Wieso probierten wir es nicht? Wir diskutierten darüber. Die Mehrheit war dafür. Wir gingen hinein.

Nach dem Tageslicht draussen war es finster in dem Gebäude, das wir betraten und in dem wir die Treppe hinaufstiegen bis zu einer offenen Tür, vor der wir stehenblieben und nicht recht wussten, was tun. Sollten wir einfach hineingehen, rufen, uns gedulden, bis jemand auf uns aufmerksam würde, oder uns zurückziehen? Ein verhältnismässig alter Mann, so um die sechzig, wurde auf uns aufmerksam und kam näher. Er trug Strümpfe, aber keine Schuhe. Was wir wollten, fragte er uns, eine Frage, die uns überraschte. So ziemlich alles hätten wir erwartet, nur nicht diese Frage. Es war, als ob man in einem Laden gefragt wird, was man eigentlich hier wolle. Wir zögerten mit der Antwort, und die Unschlüssigkeit war klar in unseren rot angelaufenen Gesichtern zu lesen. Wir starrten uns gegenseitig an und trafen in einer Art stillschweigendem Einverständnis Anstalten, uns zurückzuziehen. Doch der Mann stoppte unser Vorhaben, indem er uns fragte, ob wir nicht reinkommen wollten, worauf wir ihm mit einem Kopfnicken andeuteten, das sei genau das, was wir eigentlich wollten. Ob wir uns denn im klaren darüber seien, wo wir uns befänden. Natürlich, versicherten wir ihm. Dann sollten wir doch eintreten, ermunterte er uns, liess uns in einer Art Wartezimmer Platz nehmen, verschwand und blieb ziemlich lange weg. Währenddessen versuchte jeder von uns, seiner Verlegenheit Herr zu werden und sein Herzklopfen zu meistern. Plötzlich hörten wir Geschrei und die Stimme einer Frau, die fauchte: „Lass mich schlafen! Wer sind denn die, denen er schon vor Tagesanbruch steht? Und wenn es tausend wären, lass mich, ich will schlafen. Oder glaubst du ich wär ein Automat." Einer spontanen Regung folgend zogen wir uns zurück, befanden uns einen Augenblick später unten auf der Strasse und sputeten uns, diesen Ort hinter uns zu lassen. Es war noch immer nicht zwölf Uhr, und wir gingen etwas essen. Felafel. Zum erstenmal kosteten wir diese Speise, von der wir schon so viel gehört hatten. Verwundert betrachteten wir die Hände des Mannes, der die Sandwichs zubereitete. Noch immer blieb viel Zeit bis zur Demonstration, und so machten wir uns zu einer weiteren Spaziergangsrunde in die umliegenden Strassen auf, nur um uns plötzlich wieder auf jenem Markt, in der al-Mutanabbi-Strasse, zu befinden. Diesmal blieben wir vor einem anderen Schild stehen, mit dem Namen einer anderen Frau darauf. Wir traten ein und standen im Salon einer über sechzigjährigen Dame, die uns auf eine Weise empfing, die uns so richtig beruhigte. Es sei noch sehr früh für das, was wir wollten, sagte sie uns gleich, aber sie würde doch versuchen, zumindest eine zu finden, die bereit wäre. Sie verschwand und kam nach ein paar Minuten in Begleitung von zwei etwa vierzigjährigen Frauen im Nachthemd zurück. Die eine erklärte uns ohne Umschweife oder gar Begrüssung sofort etwas, das wir zunächst gar nicht verstanden, da uns ihr Tonfall, ihr Dialekt und ihre Redeweise fremd waren. Alles wurde jedoch klar, als sie hinzufügte: „Wenn euch das nicht passt, so wird es euch die Madame," dabei wies sie auf die Dame, die uns in Empfang genommen hatte, „um eine viertel Lira pro Person unter der Achsel besorgen." Keinem von uns fiel es schwer, geschwind im Kopf durchzurechnen, dass er, sollte er hier drei Lira bezahlen, nicht mehr genügend Geld für die Rückfahrt ins Dorf hätte. Uns blieb nichts als Zustimmung oder Rückzug. Wir wurden unschlüssig, was die Frau bemerkte und uns fragte, ob wir denn diese Summe nicht aufbringen könnten. Wir blieben stumm, keiner sagte etwas, während sie uns mit dem Anflug eines Lächelns betrachtete. Als sie uns da so schweigend und ratlos sah, schlug sie vor, wir sollten rasch untereinander abmachen, wieviel wir bezahlen könnten, und das der Madame mitteilen. Dann drehte sie sich um und verschwand, gefolgt von ihrer Kollegin. Wir steckten die Köpfe zusammen und führten rasch und effizient unsere Kalkulationen durch. Nur einer sagte, er werde es mit der Alten machen. Das genüge ihm als Lebenserfahrung. *Diese Idee von der Lebenserfahrung war es übrigens, die bei uns den Ausschlag für die Durchführung des Unternehmens gab.* Die anderen vier, darunter auch ich, beschlossen, zusammen höchstens acht Lira bezahlen zu können. Diesen Beschluss übermittelten wir der Dame, die ruhig und schweigend auf uns gewartet hatte und dann aufstand, um die beiden Frauen zu informieren. Nach einigen Augenblicken kam sie zurück und führte uns in ein Zimmer mit zwei Betten, auf deren jedem eine der Frauen mit völlig entblösstem Unterleib ausgestreckt lag, ein Anblick, der einen zum Wegschauen zwang. Sie drängten uns, zunächst zu bezahlen, dann unsere Kleider abzulegen und uns ans Werk zu machen. Wir gehorchten, bezahlten und beeilten uns; jeder brauchte nicht mehr als einige Sekunden. Nur der Vierte hatte Mühe zu kommen, obwohl er sich gewaltig anstrengte. Die Frau forderte ihn auf, sich zu beeilen, worauf er seinen

Rhythmus verdoppelte, jedoch ohne Erfolg. Da herrschte sie ihn an, in dieser Zeit hätte sie schon ein ganzes Land durchgevögelt. Diese Art Atmosphäre erleichterte ihm die Sache nicht gerade, und schliesslich lief ihm, der sich hartnäckig bemühte fertigzumachen, der Schweiss in grossen Mengen über den Körper. Plötzlich richtete sich die Frau auf, stiess ihn von sich und warf ihn dabei fast vom Bett. Doch auch mein Kamerad richtete sich auf und verlangte, sie solle ihm seinen Zaster zurückgeben. „Du gehst mit mir um, wie wenn ich eine Maschine wäre!" Wir schalteten uns ein, um den Konflikt zu lösen, und nach einigem Hin und Her einigte man sich darauf, dass wir noch eine Lira drauflegten und sie ihm erlaubte, die Sache zum Abschluss zu bringen, nachdem wir hinausgegangen waren und sie allein im Zimmer zurückgelassen hatten. Draussen im Salon fanden wir unseren Kameraden, der sich für die Achselhöhle entschieden hatte, nicht vor. Er erwarte uns unten am Eingang, sagte die alte Frau, und nach kurzer Zeit, vielleicht zwei, höchstens drei Minuten, kam unser anderer Kamerad aus dem Zimmer, in dem wir ihn zurückgelassen hatten. Er richtete seine Kleider und wischte sich den Schweiss ab, der ihm über Gesicht, Hals und Nacken strömte.

Als wir das Gebäude verliessen, fanden wir unseren Kameraden nicht. Wie vom Donner gerührt machten wir uns daran, nach ihm in alle Richtungen Ausschau zu halten. Es waren schlimme Minuten, voller Angst, Ratlosigkeit und vielerlei Befürchtungen, bis wir ihn schliesslich – welche Glückseligkeit! – erblickten; er winkte uns heran und platzte schon von ferne heraus, jemand vom Dorf habe ihn aus dem Haus kommen sehen und ihn gefragt, was er denn da oben gemacht habe. Er hätte ihm aber nichts verraten. Zunächst waren alle wie vor den Kopf gestossen, doch nach eingehender Beratung meisterten wir den Schock und machten uns klar, dass der mögliche Schaden nur partiell und nicht total sein würde. Im schlimmsten Fall wäre unser Kamerad allein das Opfer; die anderen wären gerettet, und der Grund unserer Fahrt nach Beirut bliebe ein wohlgehütetes Geheimnis. Ausserdem würde der Mann schon aus eigenem Interesse höchstwahrscheinlich niemandem erzählen wollen, was er gesehen hatte, da man ihn dann logischerweise auch fragen könnte, wieso er sich dort aufgehalten habe.

Nun, es war geschehen, was geschehen war, und wir vermochten nichts mehr daran zu ändern. Jetzt konnten wir nur noch abwarten, was da kommen sollte. Wir beschlossen, den Vorfall zu vergessen und bis zum Beginn der Demonstration unseren „Tourismus" fortzusetzen. Es war noch immer früh, erst kurz nach ein Uhr, und eine Unruhe, deren wir nicht völlig Herr wurden, trübte unser ausgeprägtes Glücksgefühl darüber, an der Gestaltung von Gegenwart und Zukunft mitwirken zu dürfen. Nun folgten die Ereignisse immer rascher aufeinander und nahmen unsere Aufmerksamkeit und unser Interesse voll in Anspruch. Immer weitere Läden wurden geschlossen. Gruppen trafen ein, Fahnen flatterten, Transparente tauchten auf. Um zwei Uhr waren praktisch alle Geschäfte geschlossen. Die Menschenmenge auf dem Platz wurde immer dichter. Auf den Transparenten standen Sprüche gegen die Finanzclique und das repressive System; manche verlangten vom Staat, für die palästinensischen Fedajin-Kämpfer die Grenzen nach Israel zu öffnen, andere riefen die Arbeiterklasse zur Revolution, zum Sturz des Systems und zum Aufbau des Sozialismus auf. Nur eines, das unsere besondere Aufmerksamkeit auf sich lenkte, verlangte das Präsidentenamt für die Muslime. Insgeheim wünschten wir, niemand aus dem Dorf möchte das sehen, und fragten uns, wie man den Trägern dieses Transparents erlauben konnte, an einer progressiven Demonstration mitzumarschieren. Von vereinzelten Gruppen, die da und dort herumstanden, waren auch schon Slogans zu hören. Jede Gruppe scharte sich um einen Wortführer, und die um ihn herumstanden wiederholten, was er rief, oder skandierten eine wohleinstudierte Antwort darauf.

Schliesslich war es drei Uhr. Wir warteten, dass es losging, damit wir ein wenig mitmarschieren und danach unseren Heimweg antreten könnten. Doch eine Viertelstunde verging, und nichts geschah. Eine weitere Viertelstunde verging, und noch immer deutete nichts auf einen Abmarsch oder auch nur auf die Vorbereitung eines solchen hin. Was war los? Warum diese Verzögerung? Keiner, den wir fragten, konnte uns Auskunft geben, ja, einer, der sich den Anschein gab, zum inneren Kern des Organisationskomitees zu gehören, und sich benahm wie eine Brautmutter, machte sich über unsere Frage und die dahinter spürbare Beunruhigung lustig. „Habt ihr etwa was Wichtigeres vor als diesen Kampf?" wollte er wissen. Wir erzählten ihm, woher wir kamen und dass wir zurückmussten. Ausserdem, dass wir ohne Wissen unserer Eltern gekommen seien. Das nun verblüffte ihn völlig, er äusserte seine Bewunderung für so viel Mut und pries unsere Einstellung, was wiederum uns gewaltig freute. Es war die Freude derer, die einen Schritt aufs Paradies zu machen, und sie bewog uns zu erwägen, ob wir nicht bleiben und an der Demonstration bis zum Ende teilnehmen sollten, egal wie hoch der Preis wäre. Doch eine kurze Überprüfung der Sachlage brachte uns sowohl zur Vernunft als auch zur Einsicht, dass wir uns sofort auf den Rückweg machen mussten. Der Weg des Kampfes ist lang, und wir standen erst am Anfang. Bei unserer Planung hatten wir nicht in Betracht gezogen, dass auf dem Märtyrer-Platz keine Taxis mehr zu finden wären, sobald die Demonstranten dort einströmen würden. Und natürlich hatten wir uns auch nicht überlegt, wo wir unter diesen Umständen ein Taxi auftreiben könnten, das uns nachhause zurückbrächte. Wir sassen in der Falle, in die nicht zu geraten wir uns so sehr bemüht hatten. Vergeblich machten wir uns auf die Suche nach einem Taxi in jenen umliegenden Strassen, aus denen wir uns nicht zu entfernen versucht hatten, um uns nicht zu verirren. Dabei trafen wir aber nur auf nervöse Polizisten, die wir jedoch nichts fragten, da sie ja die Knüppel der Machthaber waren und uns, einmal im Bild über die Motive unserer Präsenz an diesem Ort, sicher nicht sehr freundlich behandelt hätten. Was war zu tun?

Es gab zwei Lösungen. Wir konnten uns wieder der Demonstration anschliessen und bis zum Ende mitmarschieren, danach die Nacht über herumvagabundieren bis zum frühen Morgen, wenn die Taxis an ihre Standplätze auf dem Märtyrer-Platz zurückkehrten. Wir konnten auch weiter weggehen vom Platz, um vielleicht irgendwo ein Taxi ausfindig zu machen, dem wir den Preis für die Hin- und Rückfahrt zahlen müssten. Die letztere Lösung erforderte jedoch einen Geldbetrag, von dem wir nur einen Bruchteil besassen und den wir um jeden Preis aufstocken mussten, nachdem wir beschlossen hatten, sofort zurückzufahren.

Nun wusste jeder im Dorf, dass einer von dort am Burdsch-Platz ein Hotel betrieb, das aus einem Stockwerk in einem alten Gebäude bestand, neben dem die Busse hielten, die den Personentransport zwischen Tripoli und Beirut sicherstellten; auch wir waren mit einem davon angereist. Dorthin gingen wir, in der Absicht, uns bei ihm das Nötige zu borgen. Es war fünf Uhr. Der Platz war vollständig leer, keine Menschen, keine Autos. Nur ein paar Sicherheitsbeamte, die patrouillierten oder an den Kreuzungen standen. Wir überquerten den Platz und stiegen zum Hotel im zweiten Stock hinauf. Der Besitzer war nicht da. Wir trafen aber einen Angestellten, der auch aus unserem Ort stammte, ebenso ein paar Gäste, die uns erkannten. Wir erzählten ihnen, wir seien nach Beirut gekommen, um die Anträge für die staatlichen Abschlussprüfungen einzureichen, und betonten ausserdem, wir seien in der letzten, der Abitursklasse.

Nach meiner Heimkehr richtete ich das Wort nur an meine Mutter. Mein Vater stand daneben und hörte schweigend zu. Es war etwas nach sieben Uhr. Ich erzählte ihr lediglich das, was wir vereinbarungsgemäss erzählen wollten. Wir seien nach Beirut gefahren, weil wir die Prüfungstermine erfahren und ausserdem Anträge einreichen mussten. Kaum hatte ich erzählt, das ich mir etwas Geld hatte borgen müssen, da wir wegen der Demonstration am Burdsch-Platz dort kein Taxi fanden, verliess mein Vater das Haus. Jene Nacht war eine der seltenen Nächte, in denen ich in meinem Bett lag, während das Bett meines Vaters leer bliebt. Ich konnte erst einschlafen, nachdem er zu später Stunde zurückgekehrt war. Meine Mutter war aufgestanden, doch er beantwortete keine ihrer Fragen, sondern beschränkte sich auf einige knappe Worte, die meine Aussage bestätigten. Danach kroch er unter seine Decke und schlief. Als mein Vater gehört hatte, was ich meiner Mutter erzählte, war er sofort zu einem Nachbarn, einem Taxifahrer, gegangen und hatte sich von ihm nach Beirut chauffieren lassen. Dort begab er sich in das Hotel, beglich meine Schulden und fuhr dann zurück. Natürlich zahlte er für die Hin- und für die Rückfahrt.

Zu jener Zeit fanden im Libanon Parlamentswahlen statt. Es herrschte eine angeheizte Atmosphäre zwischen den fünf Familien, die um die drei Sitze unseres Wahlbezirks kämpften, der aus dem Ort selbst und den mehrheitlich maronitischen Dörfern seines Distrikts bestand. Mein Vater hatte sich immer mit grossem Enthusiasmus für die Familie eingesetzt, der wir angehören. Diesmal jedoch war sein Eifer anders; er war stärker und hartnäckiger – von den Resultaten hingen wichtige Dinge ab. *War dies wirklich die Ursache seines ungewöhnlichen Eifers? Es hatte ja auch zuvor schon zahlreiche wichtige Wahlen gegeben.* So erfreute sich das kandidierende Oberhaupt unserer Familie einer bedeutenden Stellung bei den Christen im allgemeinen, und seine Wahl zum Präsidenten der Republik wäre nach seinem Wahlsieg nicht ausgeschlossen, denn die staatlichen Ämter brauchten einen starken Mann, der dem Bündnis aus Palästinensern, sunnitischen Muslimen und Linken Paroli bieten konnte, und unser Ort war bekannt für seinen Mut und das „Rückgrat" seiner Bewohner, auch dafür, dass man dort die Differenzen vergass und sich geschlossen der Schicksalsfragen annahm, besonders wenn das Vaterland in Gefahr war. In dieser heissen Phase erreichte unsere Familie die Nachricht, dass in einem Dorf einige Individuen der gegnerischen Familie Sympathisanten der unsrigen bedrohten. Unter den Genannten befand sich auch jener Wächter, der meinen Vater hintergangen und ihn auf eine Art verprügelt hatte, die ihn mehr psychisch als physisch schmerzte. Deshalb schloss sich mein Vater der Gruppe derer an, die aufgeboten waren, die Beleidigung zu rächen. Die beiden Gruppen trafen und beschimpften sich, Bedächtige schalteten sich ein, und das ganze zog sich über mehrere Tage hin – man beschimpfte und provozierte sich, und niemandem gelang es, zu vermitteln und die Gemüter zu beruhigen, bis dann mein Vater dem Wächter auflauerte, ihn tötete und ihm danach noch seine Pistole abnahm.

Im selben Jahr bestand ich mein Abitur, und zwar, trotz all dieses Drucks und all dieser Schwierigkeiten, auf Anhieb. Im selben Jahr siegte unsere Familie bei den Parlamentswahlen. Im selben Jahr – und besonders dann im darauf folgenden – begann ich mich als Marxist zu definieren und gemeinsam mit einigen Kameraden Kontakt mit Mitgliedern der Partei in Beirut aufzunehmen. Daraufhin erhielt ich regelmässig die Periodika der Partei. Am ersten Tag meines zweiten Studienjahres wurde mein Vater ermordet. Die Nachricht erreichte mich im Kino, als ich mir den Film *Doktor Schiwago* ansah – nicht zum Vergnügen, sondern um ihn mit den Genossen in der Parteizelle zu diskutieren und daran den Mechanismus des imperialistischen Ränkespiels gegen die erste sozialistische Revolution in der Geschichte zu studieren. *Ich meine das nicht spöttisch, Herr Kawabata, und ich bitte Sie, meine Aussage ernst und wörtlich zu nehmen.* Ich sah den Film in der Drei-Uhr-Nachmittags-Vorstellung.

Der Genosse, der mir die Nachricht brachte – er stammte auch aus unserem Ort und bewohnte mit mir dasselbe Zimmer im Hotel –, wartete, bis in der Pause das Licht im Saal anging. Dann trat er zu der Reihe, in der ich sass, und gab mir ein Zeichen. Ich ging zu ihm und bat ihn, nachdem er es mir mitgeteilt hatte, im Hotel auf mich zu warten, bis der Film zuende sei. Dann liess ich ihn stehen, um ihm keine Gelegenheit zu geben, mich zu überreden, ihm sofort zu folgen.

Als wir zuhause ankamen, war es Nacht. Die Dunkelheit, Herr Kawabata, legt sich früh über unser Land am ersten Montag im November, dem Tag, an dem im Libanon an den

Universitäten das Studienjahr beginnt. Ich bat den Taxifahrer, mich einige Dutzend Meter vor unserem Haus aussteigen zu lassen, wo mein Vater auf einem geborgten Bett aufgebahrt war. Als die Nachbarn mich aus dem Auto aussteigen sahen, rannten sie mir entgegen, und als ich nachdenklich schweigend stehen blieb, blieben sie, ebenfalls wortlos, auch stehen. Ich hörte einige Klagefrauen. Ich sah das Licht der einzigen Lampe in diesem Einzimmerhaus; es strömte durch das Fenster und die Tür, die beide offenstanden. Ich erinnere mich. Ich erinnere mich genau, Herr Kawabata, an jene Dunkelheit, in die der Ort getaucht war. Unser Ort kannte keine öffentliche Beleuchtung mehr, nachdem die Franzosen das Land verlassen hatten.

Als mich die Nachbarn nach einigen Augenblicken des Schweigens fragten, ob ich den Toten sehen wolle, lehnte ich ab. Darauf führten sie mich zum Haus meines Onkels, wo die Männer des Viertels versammelt waren und wo man mich, als ältesten Sohn des Verstorbenen, ganz oben Platz nehmen hiess, neben meinen Brüdern, meinen Onkeln und anderen Verwandten. Als unser Abgeordneter, das Oberhaupt der Familie, kam, kondolierte er erst mir, danach meinen Brüdern und Onkeln, bevor er dicht neben mir Platz nahm, und zwar so, dass jeder eintretende Trauergast zunächst ihm kondolieren musste und danach erst zu mir kam. Sein Gesicht duftete, er war weit weg in seinem Schweigen und bewegte seine Lippen nicht einmal, um einen Gruss zu erwidern. Ich wusste, dass er über mein importiertes atheistisches Gedankengut im Bilde war, diesem Gedankengut, das unserem Land und unserer Tradition fremd war. Ich wusste auch, dass er mich nicht aus den Augen liess. Bei meinem Vater hatte er sich schon ständig nach mir erkundigt. Da dieser jedoch die Absicht hinter der Fragerei erkannt und ihm nichts Erquickliches mitzuteilen hatte, vermied er es, überhaupt zu sprechen. Einmal hatte ich erfahren, dass mein Vater ihn irgendwann um Rat gebeten habe, wie er diese Sache mit mir in Ordnung bringen könne. Doch seine ganze Antwort hatte nur aus wortlosem Kopfschütteln bestanden. Ein einziges Mal nur ging ich mit den anderen Männern, um den Toten zu beweinen, war aber ausserstande dazu. Keine Träne brachte ich hervor. Ich glaube, ich verspürte einfach nicht das Bedürfnis dazu. Ganz sicher war es das. Ich blieb, nachdem die Frauen uns Platz gemacht hatten, dicht neben dem Leichnam stehen, während meine Brüder und meine Onkel vor dem teuren Toten niederfielen, ihn beweinten und beklagten und Rache für ihn schworen. Und während ich so dastand und den Toten ebenso betrachtete wie seine niedergefallenen Söhne und Brüder und das Getanze und Geschrei und Gejammer der Frauen, erinnerte ich mich an einen französischen Professor an der Universität. Er bräche sicher, so dachte ich mir, vor Lachen zusammen, wenn er bei diesem Schauspiel zugegen wäre. Im Jahr zuvor war ein junger Mann gestorben, der mit seiner Familie in einem grossen Haus unweit unserer Fakultät wohnte. Seine Kameraden tanzten mit dem Sarg auf der Strasse herum, bevor sie den Toten wegtrugen. Die Studenten kamen aus den Hörsälen und schauten von Fenstern und Balkonen herab. Unser ganzer Kurs ging hinaus, begleitet von unserem französischen Professor, der in hysterisches Gelächter ausbrach, als er sah, was sich da abspielte. Er verlor vollkommen die Beherrschung und fand diese erst wieder, nachdem er aufs Katheder zurückgekehrt war und die Studenten auf ihren Plätzen sassen. Als er sich schliesslich beruhigt hatte, brachte er, sozusagen als Entschuldigung, hervor, diese Sitte sei auch in Frankreich mancherorts auf dem Land noch heute zu finden. Noch bevor die Frauen die Männer aufstehen hiessen und von dem Toten vertrieben, ging ich hinaus, ein Verhalten, das Verwunderung auslöste und rasch die Runde machte. Viele interpretierten es als eine Art der Selbstbeherrschung, die denjenigen schmückte, der in der Familie einen Verlust erlitt. Er würde nicht weinen, bevor nicht Rache geübt und Blut mit Blut vergolten war.

Nach dem Begräbnis zog sich der Abgeordnete mit meinen Onkeln ein paar Minuten ohne mich zurück. Dann kondolierte er uns allen und ging. Am Ende des dritten Tages nach der Trauerfeier forderten mich meine Onkel auf, nach Beirut zurückzukehren, meine Studien fortzusetzen und sie, ohne Zeit zu verschwenden, abzuschliessen. Danach würde ich durch Vermittlung des Abgeordneten unserer Familie eine staatliche Anstellung erhalten, die dem Niveau des zu erwartenden Diploms entsprach. So könnte ich meine Mutter und meine Geschwister unterstützen – *mein Vater hatte uns mittellos zurückgelassen.* Sie sagten mir, ich solle mir deswegen jetzt keine Sorgen machen, sie würden jeden Bissen Brot mit uns teilen und unser Abgeordneter würde uns nie vergessen. Er hatte ihnen, vor seiner Abreise am Tag der Beisetzung, tausend Lira für meine Mutter anvertraut, von denen ein Teil von ihm selbst, der Rest von der Familie stammte. Sie forderten mich auch auf, höchstens im Notfall nachhause zu kommen, denn meine Präsenz hier wäre für sie eine ständige Quelle der Sorge, da ich keine Waffe trüge und nicht die nötige Vorsicht walten liesse. Mich zu kriegen, wäre also ein Leichtes. Als ich sie fragte, ob es nicht sinnvoller wäre, sich darauf zu beschränken, Klage wegen Mordes einzureichen und diese weiterzuverfolgen, statt sich zu bemühen, nun einen der Ihren zu erjagen, antworteten sie, sie würden natürlich ebenso gegen die anderen klagen, wie diese gegen uns geklagt hatten, sich jedoch damit ebensowenig begnügen wie es die anderen getan hätten. Dann erinnerten sie mich daran, dass auch wir aus diesem Ort stammten, ja dass wir die Alteingesessenen seien, sollte ich das vergessen haben. Eine Klage würde niemals unsere Ehre und auch niemals unser Ansehen bei den anderen Familien wiederherstellen; ausserdem schliesse sich das Tor eines Gefängnisses hinter niemandem für immer, während sich das Tor des Grabes hinter meinem Vater für immer geschlossen habe. *Mein Vater hatte keinen einzigen Augenblick im Gefängnis verbracht, weil der Einfluss unseres Familienoberhaupts so stark war, dass er sogar gerichtliche Schritte verhindern konnte.*

Herr Kawabata, während dieser ganzen schwierigen Zeit, die wir durchmachten, hat meine Mutter kein einziges Wort gesagt. Sie hielt sich an ihre schwarzen Kleider und an ihr Schweigen.

Herr Kawabata, bei wem sonst als bei Ihnen könnte ich das loswerden, was Sie gleich hören werden? Als mein Vater ermordet wurde, war meine Mutter vierzig Jahre alt. Sie sah gut aus und war trotz der zehn Kinder, die sie geboren hatte und von denen neun gesund und munter waren, durchaus vital. Sie war zornig und fühlte sich erniedrigt. Ich sah es in ihren Augen. Zornig war sie wegen dem, was ihr sagen wir das Schicksal, um nicht zu sagen mein Vater angetan hatte. *Sie hat sicher nie, wie ich, eine Verbindung zwischen mir und seinem gewaltsamen Tod hergestellt.* Erniedrigt fühlte sie sich, weil es ihr nicht leicht fiel, mit der kärglichen und unregelmässigen Hilfe, die ihr meine Onkel und der Abgeordnete zukommen liessen, für all diese Mäuler zu sorgen. Ich muss zugeben, Herr Kawabata, dass ich eine gewisse Beruhigung spürte, als

ich auf dem Kopf meiner Mutter ein paar graue Spuren bemerkte und feststellte, dass der Glanz ihres schönen Haares
nachliess. Bei uns stammt graues Haar von der Sorge, und
die Sorge lässt den Wunsch nach der wichtigsten Sache
sterben. Habe ich Ihnen nicht schon gesagt, Herr Kawabata,
dass es kein wirklich originelles Gefühl gibt, sondern dass
alle Gefühle schon tief im Menschen angelegt sind? Ich
möchte aber ergänzend hinzufügen, dass auch alle Arten der
Zukunft in der Gegenwart angelegt sind und dass die Gegenwart nicht ein Nussbaum ist, der am Ende des Sommers Früchte trägt, und dass sie nichts anderes ist und dass
sie nicht … ja, was denn nicht ist?

Was ist denn die Zukunft, Herr Kawabata? Woher kommt
sie? Aus welcher Richtung kommt die Zukunft auf uns zu,
Herr Kawabata, und auf welche Art?

Ich dachte lange daran, die Universität zu verlassen und
eine Arbeit zu suchen. Aber ich konnte mir mich selbst nicht
ausserhalb der Universität und der Bücher vorstellen, auch
nicht ausserhalb des intellektuell-politischen und des in-
tellektuell-gewerkschaftlichen, ja sogar, wenn es denn sein
musste, des intellektuell-militärischen Kampfes. Wir hatten dieses Thema viele Male unter uns Genossen diskutiert,
ich hatte es selbst mehrfach mit ihm, dem Genossen und
Freund, dem ich auf der Hamra-Strasse begegnete, bespro-
chen. Und die Meinung war immer, dass ich mein Studium
fortsetzen sollte, weil das Interesse der Partei es verlangte.
Einmal sprach mich einer der grossen wichtigen Genossen
nach einer Versammlung an, bei der er zugegen war, und
erklärte mir, ich müsse mein Studium fortsetzen und die
Partei lasse es nie und nimmer zu, dass mich materielle
Schwierigkeiten in die Knie zwängen. Es gebe einen Beschluss, mir allmonatlich eine recht beachtliche Summe zur

Verfügung zu stellen, um mir über diese schwierige Etappe hinwegzuhelfen. Er lobte auch die unschätzbaren Dienste, die die Genossen aus dem Ort und ich der Partei erwiesen. Schliesslich müsse die Partei dringend im christlichen Milieu im allgemeinen, ganz besonders im maronitischen, Fuss fassen, und unter allen linken und palästinensischen Gruppierungen sei allein unsere Partei in der Lage, in diesem Milieu zu wirken und die verschiedenen Segmente zusammenzubringen. Das fördere unser Ansehen beim palästinensischen Widerstand, der noch immer nicht unsere Bedeutung auf dem libanesischen Schauplatz anerkenne.

Ich kann Ihnen versichern, Herr Kawabata, dass ich es ablehnte, auch nur eine einzige Lira von der Partei anzunehmen, und dass er, mein Freund und Genosse, mich dafür tadelte. Er tadelte mich scharf, da seine Analyse auf seinem allgegenwärtigen Slogan „Alles für die Partei!" aufbaute. Meine Meinung dagegen war, dass wir – eben genau in Anwendung dieses Slogans – von der Partei für unsere Beteiligung am Kampf keinen Lohn annehmen sollten, besonders wenn es sich um unmittelbare Parteiarbeit handelte. *Zweifellos bemerken Sie in dieser Aussage meinen Wunsch, mein sauberes Wesen und mein reines Engagement zur Schau zur stellen. Ja! Mitunter überrasche ich mich selbst dabei, dass ich Sie als eine vollkommene Frau, eine Prinzessin, eine Jungfrau ansehe, voller Sehnsucht und Zurückhaltung, und ich darauf bedacht bin, dass ihre Wahl auf mich fällt.* Damals kannte ich ihn etwas über ein Jahr, aber unsere Freundschaft war schon tief und fest geworden, und es verging fast kein Tag, ohne dass ich ihn traf.

Herr Kawabata, meinen ersten Spaziergang auf der Hamra-Strasse machte ich in seiner Begleitung. *Er war zwei Jahre vor mir nach Beirut gekommen.* In dieser Gegend in West-Beirut also, die damals ihre erste Blüte erlebte. Er wies mich auf Personen hin, deren Namen wir in den Zeitungen lasen. Unter ihnen gab es nichtlibanesische Araber, Flüchtlinge aus Ländern mit reaktionären oder wackligen kleinbürgerlichen Regimes, die sich vor jener radikalen revolutionären Veränderung fürchteten, für die die Arbeiterklasse und ihre Verbündeten kämpften, jene revolutionären Intellektuellen, die an die Kraft ihres Denkens und an ihre historische Rolle glaubten.

Einmal sagte ich zu ihm: „Wenn dieser Libanon, dessen System zu verändern wir uns bemühen, ein sicherer Hafen für diese Leute ist, wie heruntergekommen müssen dann ihre Systeme erst sein." – „Lass dich nicht durch diese formale Freiheit, die es im Libanon gibt, täuschen", entgegnete er, „denn erstens ist sie dem System aufgezwungen worden durch den Kampf, den die Arbeiterklasse tagtäglich führt, zweitens ist sie nur Fassade, nicht mehr, denn effektive Freiheit wird erst durch die Befreiung des Menschen von Klassenausbeutung erreicht." Ich stimmte ihm zwar zu, bemerkte dann aber doch: „Ist es nicht trotz allem eine seltsame Ironie, dass die Systeme, von denen diese da ebenso verjagt wurden wie die palästinensischen Fedajin – so nannten wir sie –, unsere Verbündeten und die Verbündeten des palästinensischen Widerstands gegen das libanesische System sind?" Der Klassenkampf, erklärte er, sei etwas höchst Kompliziertes und unser Pakt mit diesen Systemen sei nur vorläufig, nicht mehr, da unser Sieg im Libanon für sie verheerende Folgen haben werde. Dann seufzte er und stellte noch fest: „Sie, diese Systeme, sind wie jemand, der an einer Feile leckt."

Genosse Hassan war ständig bei uns, er dagegen war

110

damals Sekretär der Gruppe. Die beiden kannten sich schon lange und gut. Sie waren gemeinsam zwei Jahre vor mir in die Universität eingetreten und schon zuvor Mitglied der Partei geworden. Gemeinsam übten wir drei den Gebrauch von Waffen, die Methoden des Kampfes und die Prinzipien der Volksbefreiungskriege – *Vietnam war unser Vorbild* –, und zwar im Lager einer palästinensischen Gruppierung, die ideologisch der Partei nahestand. Wir lernten, Schlangen den Kopf abzureissen und, wenn es denn sein musste, sie zu essen; wir führten die Feuertaufe durch und bezwangen brennende Hindernisse, während uns die Kugeln um die Ohren pfiffen; wir nahmen nachts bei völliger Dunkelheit die Kalaschnikow auseinander und setzten sie wieder zusammen; wir überwanden elektrisch geladene Drahtverhaue und überquerten, bis an die Zähne bewaffnet, Wasserläufe, an Drahtseilen darüber hängend oder bis zum Hals im Wasser watend; wir erlernten Überraschungsangriffe und übten sie immer wieder. Wir wurden geschult für die Ankunft auf der geraubten Erde und für den Umgang mit den hinterhältigen israelischen Methoden. So zeigten wir den palästinensischen Genossen, wie ernst wir es als Partei mit unserem Engagement für ihre Sache meinten. Wir wurden miteinander bekannt und lernten uns gegenseitig schätzen. Ihn schätzten sie ganz besonders, nachdem er einige Vorträge über die organische Beziehung zwischen der palästinensischen Sache – der primären arabischen Sache – und derjenigen der Arbeiterklasse innerhalb des libanesischen Gebildes gehalten hatte. Das Trainingslager, für mich das erste, dauerte drei Wochen, während der meine Mutter ohne Nachricht von mir – *sie hatte von alldem überhaupt keine Ahnung* – und ich ohne Nachricht von ihr blieb. Eines Abends gegen Ende der zweiten Woche, als wir nach dem

Essen etwas ausruhten, sehnte ich mich nach ihr und erzählte das meinem Freund – *mit der Welt draussen Kontakt zu haben, war uns verboten –,* der schmunzelte, aber nichts sagte. Da wollte ich, obwohl ich mich für dieses Gemisch aus Jungengefühlen und ernsthaftem Kampf schämte, wissen, warum er schmunzle, worauf er erwiderte, dass wir wohl noch einige Zeit bräuchten, bis allein die Sache, für die wir kämpften, unsere Mutter geworden sei, nach der wir uns sehnen.

Herr Kawabata, es war genau dieser Mensch, der dann sagte, als man ihm – fälschlicherweise – berichtete, seine Mutter sei durch eine verirrte Granate, die ihr Haus traf, umgekommen (der Krieg bei uns im Libanon hatte gerade erst begonnen): „Ich werde heiraten und eine Tochter zeugen, die für immer mir allein gehören wird, weil ich auf sie mehr Anrecht habe als irgendein anderer Mann." Diese Reaktion, in der ich weder einen Sinn noch eine Notwendigkeit sah, überraschte, ja, schockierte mich, und trotz des prekären Augenblicks konnte ich mich nicht zurückhalten, ihm zornig die Frage zu stellen, ob er denn mit ihr Kinder zu zeugen gedenke. Er warf mir einen so wütenden Blick zu, wie ich ihn nicht von ihm kannte, wollte etwas sagen, liess es dann aber. Hassan bemerkte damals, sozusagen als Kommentar zu seiner Äusserung: „Ich werde nie heiraten, um keine Kinder zu zeugen."

Herr Kawabata, bis heute habe ich seine Reaktion auf diese Nachricht hin nicht verstanden, aber ich erinnere mich genau, dass er danach begann, die bei uns herrschende Moral bitter zu kritisieren und bei Diskussionen den Standpunkt zu vertreten, Frauen seien Gemeinbesitz. Und als ich ihm einmal, es war genau in dieser Zeit, anvertraute, eine bestimmte Frau, die uns politisch nahestand, gefalle mir, erzählte er mir lächelnd, wie er gerade vor einer Woche mit ihr geschlafen habe, dann aufgestanden sei und sie vollgepinkelt habe, während sie sich aalte und wand, sich in alle Richtungen

beugte und streckte, damit der Segen seines Wassers sie überall am
Körper erreichte. Warum er das auf diese spöttisch-verächtliche Art
erzähle, wollte ich wissen. Ob denn nicht jeder das Recht auf sein
ureigenes Vergnügen habe. Da schmunzelte er.

Herr Kawabata, ich empfand ihm gegenüber keinerlei Hass-
gefühle, ich war nicht einmal wütend, als er sich über meine
Sehnsucht nach meiner Mutter lustig machte. Im Gegenteil,
ich schätzte an ihm den auf die Zukunft gerichteten Blick
und das völlige Aufgehen in der Sache. Und ich sagte mir,
ich hätte noch einen weiten Weg vor mir. Auch als er auf die
Nachricht vom Tod seiner Mutter hin diese überraschende
Äusserung machte, war meine zornige Reaktion nicht vom
Hass diktiert, sondern von einem Gefühl der Zusammen-
hanglosigkeit. Ich meine damit, dass es für seine Äusserung
in unserer Gedankenwelt keinerlei Rahmen gab, was in mir
ein schreckliches Gefühl der Fremdheit und der Weglosig-
keit entstehen liess. Ich fühlte mich wie jemand, der mitten
in der Nacht die Augen aufschlägt und weder Raum noch
Richtung noch irgendwelche Gegenstände wahrnimmt.
   Herr Kawabata, ich sage Ihnen aber, dass er zu jener Zeit
begann, einige Praktiken der Partei, ja, sogar ihre politische Linie
zu kritisieren, während ich selbst der Partei „mit Leib und Seele"
anhing, wie die Genossen das bezeichneten.

Herr Kawabata, den Hass habe ich auch kennengelernt, aber
erst viele Jahre später, zwölf, um genau zu sein, am Tag,
als ich ihn auf der Hamra-Strasse traf und einen Augenblick
lang glaubte, mich selbst zu sehen. Es war nicht das erste
Mal, dass ich ihn traf, nachdem wir die Partei verlassen
hatten und jeder seines Weges ging, aber es war das erste
Mal, dass es mich existentiell erschütterte. *Herr Kawabata,*

ich weiss nicht genau, was „existentiell erschüttern" heisst, aber ich
gestehe, dass ich dergleichen Ausdrücken nicht widerstehen kann; sie
schleichen sich durch mich hindurch und durchsetzen meinen Brief
an Sie. Weder in seinem Gesicht noch an seinem Hals zeigte
sich auch nur eine einzige Falte. Sein Gesicht war glatt wie
das eines Kindes, und sein Hals füllte den Hemdkragen,
ohne überzuquellen. Das Gesicht strahlte Reinheit aus und
ein unschuldiges Lächeln. An seinem Hals zeigte sich nicht
die geringste Spur eines Blutflecks, nicht einmal eines
solchen, wie er von einem Rasiermesser verursacht wird. Es
war das Gesicht eines Mannes, der sofort einschläft, wenn er
die Augen schliesst, der ein ruhiges, reines, schneeweisses
Gewissen besitzt.

Zuvor war ich ihm hin und wieder begegnet. Wir waren
grusslos aneinander vorbeigegangen, wie zwei Fremde.
Es war dies immer nur auf der Hamra-Strasse, seiner Zu-
fluchtsstätte und dem einzigen Ort, wo er die Einsamkeit
nicht spürt, dem einzigen Ort auch, wo er nicht zu sterben
fürchtet und keine Angst hat, wenn die Granaten wie Regen
im Winter fallen. Dort bleibt er und geht erst, wenn das Café
seine Tore schliesst, das er mit dem letzten Angestellten
verlässt. Danach steht er lange unschlüssig auf dem Trottoir,
überlegt, wohin er während des Tages gehen könnte, auf den
Abend wartend, um dann die Zeit bis zum Morgengrauen
am Spieltisch zu verbringen. Aber früher war er nicht so
schick angezogen wie jetzt. Seine Kleider passten besser zu
seinem gesellschaftlichen Milieu und erregten weder im
Guten noch im Schlechten Aufmerksamkeit. Was also war
geschehen? Was hatte er für einen Aufstieg hinter sich?
Welche neue Würde erlaubte es ihm, mit hoch erhobenem,
ja, leicht zurückgeneigtem Haupt und geradeaus gerichte-
tem Blick mitten durch die Menschenmenge zu schreiten?

Was sah er da bloss in der Ferne, während die Leute sich noch kaum darüber einig waren, ob der Krieg nun schon zuende sei und die seit Ewigkeiten ersehnte Friedenszeit begonnen habe. *Stimmt es eigentlich, dass alle Menschen Frieden wünschen, dass dieser Friede aber nicht kommt? Und warum nicht?* Versuchte er etwa, den herannahenden Frieden auszumachen? Ausserdem sah ich ihn ganz leicht lächeln und über die Köpfe der Menschen hinweg in die Ferne schauen, als fürchtete er, in unhistorischer Haltung von der Kamera der Geschichte überrascht zu werden. Er lächelte. Wie mich dieses Lächeln in Weissglut versetzte!

Vom Gesichtspunkt der Gleichberechtigung aus betrachtet, Herr Kawabata, ist die Natur ungerecht. Das ist etwas, was ich akzeptiert und womit ich mich abzufinden bemüht habe. Aber wo zur Ungerechtigkeit der Natur noch diejenige des Menschen hinzutritt, wird das Leben eigentlich unerträglich!

Er war einige Jahre älter als ich, dem mit noch nicht zweiundzwanzig die Haare auszufallen begannen. Damals kannte ich ihn erst wenige Monate, und zu jener Zeit machte mir nicht das Alter, sondern die Ungerechtigkeit zu schaffen. Sie war es, die mich zu jener Zeit erschreckte, nicht das Gefühl, dass das Leben zu entfliehen begonnen habe, denn damals standen mir alle Türen in die Zukunft offen. *Achten Sie auf diesen Ausdruck, Herr Kawabata: „Alle Türen standen mir offen.“ Ich mache Sie nicht jedes Mal auf diese für immer schönen Ausdrücke aufmerksam, wenn sie sich ins Gewebe meines Briefes einschleichen, um Ihnen nicht die flüssige Lektüre zu verderben.* Und diese Zukunft lag noch in weiter Ferne, sie war schön und gewiss. *Drängte sie sich wirklich auf? Wie stand sie wirklich zu mir?* Als ich ihm nach einigem Zögern erzählte, ich sei bei einem Arzt gewesen, der mir ein paar Spritzen zur Nährung der Haarwurzeln verschrieben habe, lachte er sich halbtot. *So beschreiben wir mitunter Lachanfälle.* Tatsächlich, Herr Kawabata, habe ich lange gezögert, bevor ich zum Arzt ging, und zwar vielleicht aus denselben Gründen, die meinen Freund zum Lachen veranlassten.

Seine diesbezügliche Ansicht war, kurz zusammengefasst, dass wir noch lange bräuchten, bis wir unsere Rechnungen mit unserem kleinbürgerlichen Bewusstsein beglichen hätten. Er sagte es im Plural. Denn der einzelne ist nicht der Erwähnung wert; er ist nichts als ein Geflecht aus gesellschaftlichen Beziehungen. Wir hatten damals die philosophischen Werke von Marx und Engels gelesen, und führten lange Diskussionen darüber. Lange Diskussionen führten wir ebenfalls über das *Kommunistische Manifest.* Ich erinnere mich, dass ich wirklich lange zögerte, bevor ich ihm von meinem Besuch beim Arzt berichtete. Noch länger hatte ich gezögert, bevor ich mich zu diesem Arztbesuch entschloss. Und zwar aus ebendiesen Gründen. Vielleicht auch, weil Haarausfall eine Schande ist und weil der Gang zum Arzt eine offene Anerkennung dieser Schande bedeutet.

Er meinte also, dass wir, die Intellektuellen, in unserem revolutionären Engagement noch nicht die Stufe erreicht hätten, wo wir ganz in der Sache der Arbeiterklasse aufgingen, und dass wir diese Sache noch nicht so verinnerlicht hätten, dass sie bei uns zu einem spontanen Gefühl geworden wäre. Die Verinnerlichung der Sache der Arbeiterklasse durch einen kleinbürgerlichen Intellektuellen ländlicher Herkunft, dessen Vater seinen Lebensunterhalt aus *privatem* Landbesitz und handwerklicher Arbeit bezog, konnte sich nicht über Nacht vollziehen. Den revolutionären Reflex muss sich der Intellektuelle, im Gegensatz zum Arbeiter, aneignen, und das erfordert ein grosses Mass an Anstrengung, Selbstüberwindung und Selbstkritik. Aber es ist möglich, sicher! War Lenin etwa ein Arbeiter? Das Gesicht eines Menschen, Herr Kawabata, der, sobald er die Augen schliesst, einschläft, mit zutiefst ruhigem Gewissen.

Ich erinnere mich genau. Ja, ich erinnere mich haargenau. Es war vor zweiundzwanzig Jahren, 1969, in der Cafeteria der Pädagogischen Fakultät der Libanesischen Universität. Wir legten gerade letzte Hand an unsere Vorbereitungen für die Demonstration, die berühmte Demonstration vom 23. April. Er war unruhig und nervös und lief grundlos hin und her. Ich erinnere mich. Einer der Genossen hatte ihn an jenem Tag als „Brautmutter" bezeichnet. *Dieser Begriff wird bei uns für eine hektische Person verwendet, für jemanden, der tausend Dinge zugleich tut.*

Die Demonstration war sein Tag. *„Tag" hat in unserer arabischen Tradition auch die Bedeutung „wichtige Schlacht"; meist wird es im Plural verwendet. Man spricht dabei nur von Tagen, ohne die Nächte zu erwähnen, weil die Kriege im allgemeinen bei Tag stattfanden; wenn sie sich bei Nacht abspielten, wurde das besonders erwähnt.* Er bereitete die Schlachtrufe vor, bestimmte den Sammelpunkt, wo die Demonstration beginnen sollte. Er erwog die Eventualitäten und entwickelte für jede eine Lösung. Er war überzeugt, dass die Sicherheitskräfte auf die Demonstranten schiessen würden, was seine Erregung noch erhöhte. Seiner Ansicht nach würde der Erfolg dieser Demonstration die Popularität der von libanesischem Territorium aus operierenden palästinensischen Freischärler erhöhen. Ja, er ging in seiner Vorstellung noch weiter. Seiner Ansicht nach würde diese Demonstration eine Entwicklung – die er auf französisch *processus* nannte – einleiten, die zum Sturz zunächst des libanesischen, danach der anderen arabischen Systeme führen werde. In der Folge würden die Arbeiterklasse und deren Verbündete die Macht übernehmen, und danach könne effektiv der Volksbefreiungskrieg gegen Israel beginnen. Er war kein Maoist, aber er wiederholte sehr gern den berühmten Ausspruch Mao Tse-tungs vom Imperialismus als einem Papiertiger. Und dann ergänzte er: „Wie steht es da erst mit seiner Handlangerin?"

An jenem Tag wurde er fast umgebracht. Auf meinen Schultern sitzend brüllte er Slogans, die wir zuvor eingeübt hatten. Manchmal improvisierte er auch, und wir wiederholten, was er rief. Als Schüsse fielen, hörten wir es zuerst gar nicht. Wir sahen nur, wie die Leute das Weite suchten, und suchten es dann auch. Unsere Gruppe löste sich auf.

Er dagegen hatte, auf meinen Schultern sitzend, vom ersten Augenblick an gesehen, was geschah. Ich verstand seine wachsende Unruhe nicht. Er sagte mir nie klar und deutlich, dass er herunter wollte, aber ich half ihm mechanisch, ohne mir etwas zu überlegen, herabzusteigen. „Sie werfen Tränengasbomben", schrie er, während er auf ein altes Gebäude zurannte. Ich rannte hinterher. Meine Augen hatten zu schmerzen begonnen, Tränen sammelten sich darin, und ich bekam Mühe mit dem Atmen. Als ich zu dem Hauseingang kam, sah ich ihn ausgestreckt auf der Treppe liegen, neben einem Polizisten, der mit aller Kraft sein Gewehr an sich drückte. Ich legte mich nicht wie er auf die Treppe; meine Kräfte hatten mich noch nicht ganz verlassen. Der Polizist riss die Augen so weit auf, dass ich glaubte, sie würden aus den Höhlen treten. Er starrte ihn an. Jener starrte zurück. Ihre Blicke trafen sich. Dann schlossen beide die Augen, und jeder konzentrierte sich auf den eigenen Schmerz. So schien es mir jedenfalls. Wenige Augenblicke später jedoch stand er auf und warf sich wie ein Tier mit den

Resten seiner Kraft über den Polizisten. Er versuchte, ihm das Gewehr zu entreissen, das dieser mit einer instinktiven Bewegung an sich drückte. Er wiederholte den Versuch, doch der Polizist widersetzte sich, auch diesmal, ohne aufzustehen. Als er nochmal hinfiel, beeilte ich mich, ihm beim Aufstehen zu helfen, aus Angst, der Polizist könnte wieder zu Kräften kommen und ihn festnehmen. Während wir wegrannten, gaffte ihm der Polizist nach. Er spuckte aus, doch der Speichel kam nicht richtig über seine Lippen und lief ihm übers Kinn hinab. Als ich ihm das später erzählte, meinte er vorwurfsvoll, das hätte er damals erfahren müssen, dann wäre er umgekehrt und hätte ihm die Fresse poliert, bis er Blut gekotzt hätte, dieser Agent, dieser Hund, dieser Handlanger der Repression. Und für ihn und seine Nachkommenschaft brachten wir uns in Gefahr! *Einer unserer Slogans bei Demonstrationen lautete: Auch dein Sohn ist Student – Wirf die Waffe weg, Agent!* Es wurde weitergeschossen. Auf dem Platz waren keine Demonstranten mehr; sie waren in alle Richtungen zerstoben. Ich liess meinen Blick umherwandern, in der Hoffnung, vielleicht die Genossen zu erblikken. Doch unsere Gruppe hatte sich aufgelöst. Wir – er und ich – gingen in eine Nebenstrasse, wo wir glücklicherweise ein Taxi fanden, das uns wie vereinbart zum „Zentrum", das heisst zum Burdsch-Platz oder zum Märtyrer-Platz brachte. Mein Gott, der Märtyrer-Platz! Mein Gott, mein Gott!

Lieber Herr Kawabata, ich kann nicht umhin, Ihnen ein wenig vom Märtyrer-Platz zu erzählen, und Sie werden sehen, wie sehr Sie das angeht.

Egal, ob sunnitische Muslime behaupten, er sei ein künstliches Gebilde, den der französische Imperialismus vom Körper der arabischen Nation abgetrennt und ihn ebenso wie andere Teile zu einem separaten Gebilde gemacht hat; egal auch, ob Christen ihn für ein Vaterland halten, dessen Wurzeln zum Beginn der Geschichte zurückreichen – heute ist der Libanon ein unabhängiger Staat, Mitglied der Vereinten Nationen und der Arabischen Liga; er besitzt eine Hauptstadt, nämlich Beirut, die genau in seiner Mitte am Mittelmeer liegt. Wie jeder Staat eine Hauptstadt hat, so hat also auch der Libanon eine. Wie jede Hauptstadt einen grossen Platz besitzt, mindestens einen, der im allgemeinen einen Namen von nationaler Bedeutung trägt, so auch unsere. Genau. *Bevor ich weitereifere, erlauben Sie mir, Ihnen ein Geheimnis anzuvertrauen, dass nämlich der Libanon eines jener Länder ist, die nichts anderes hervorbringen als ihre zyklisch wiederkehrenden Tragödien. Länder wie das Gras auf erdbedeckten Dächern – schön, rasch wachsend und bei der ersten Sonnenhitze verdorrend.*

Herr Kawabata, der Libanon … Der Libanon war ein viel zu schönes Land, als dass die Region ihre Begehrlichkeiten hätte unterdrücken können. Trop beau!

Den grossen Platz der Hauptstadt nannten wir, aufgrund eines offiziellen Dekrets, Märtyrer-Platz. Im Volksmund hiess er „das Zentrum" oder der Burdsch-Platz. Vor dem Krieg war er das Herz der Hauptstadt. Dort befanden sich die Märkte und die Händler, die Banken, die Kinos, die Volksbühnen, die Hotels, das Prostituiertenviertel, die Halteplätze für öffentliche und private Transportfahrzeuge aus allen Teilen des Landes. Der Platz war das Herz des Libanon. Heute dagegen sind der Platz und seine Umgebung durch die Einwirkung des Krieges fast gänzlich zerstört, nachdem er während siebzehn Jahren Demarkationslinie zwischen den Kämpfenden gewesen war, zwischen den beiden Beiruts: Ostbeirut und Westbeirut.

Ich würde Ihnen gern noch viel mehr über diesen Platz und seine Umgebung erzählen, aber ich spüre, wie es mich verunsichert, darüber zu reden, und zwar nicht zum erstenmal. Ich habe schon oft versucht, über den Platz zu sprechen, wurde schon oft darum gebeten und habe es nie geschafft, und immer frage ich mich nach dem Grund. *Sie bemerken, ich will immer den Grund wissen.*

Nehmen Sie mich, wie ich bin, Herr Kawabata, mit all meinen Widersprüchen. Denn nicht nach dem Grund einer Sache zu forschen, übersteigt mein Denkvermögen, und nicht in jedem Ding einen Grund zu sehen, geht über meine Kräfte. Die Geschichte, Herr Kawabata, ist etwas Giftiges. Sie erweckt bei uns die Illusion, sich fortzubewegen, während sie sich doch nur ausdehnt: Fortbewegen tut sich das Wasser, der Wind, auch die Sonne oder das Pferd. Sogar die Gewohnheit bewegt sich fort, und wir bewegen uns auf die eine oder andere Art fort. Nichts scheint sich nicht fortzubewegen, während sich alles ausdehnt. Oder schrumpft oder sich zurückzieht.

Es sind also nicht wir, mit denen sich die Wörter fortbewegen, wohin sie wollen, oder mit denen wir uns fortbewegen, wohin wir wollen, während dieses giftige Etwas – die Geschichte – sich ausdehnt. Herr Kawabata, ich hasse die Geschichte, wie ich auch das Nichts und die Bedeutungslosigkeit hasse. Sie ist eine Leere, die sich in einem Universum ausbreitet. Ein Tyrann, ein Tier. Die Geschichte ist ein dummes Vieh, aber nicht wie ein schwerfälliger Berg, vielmehr einen bitteren Nachgeschmack hinterlassend.

Zu diesen Bemerkungen hat mich die Aussage geführt, ich würde den Sachen auf den Grund gehen, es würde mich aber, mit oder ohne Grund, sehr verunsichern, über den Märtyrer-Platz zu sprechen. Ich mag es nämlich nicht, dass sich jemand schnell und einfach einen Lorbeerkranz flicht. Filmleute haben dort Aufnahmen gemacht, Fotografen Bilder geknipst, Journalisten haben darüber Artikel geschrieben, Touristen und andere Besucher strömen in Scharen dorthin. Seit Ende des Krieges gibt es ein improvisiertes Café zu Füssen der Märtyrerstatue mitten auf dem Platz. Auch Gesangskonzerte und Son-et-Lumière-Vorführungen fanden dort schon statt, an denen nicht selten Kinder teilnahmen – Kinder sind ja Symbole für Frieden und Zukunft. All das weckt in mir den Wunsch, mich zu verstecken, ich meine: mich aufzulösen und zu verschwinden, völlig in Vergessenheit zu geraten. *Schliesslich sind Diskretion und Zurückhaltung zwei sehr arabische Eigenschaften.*

Aber bevor sich die Worte mit mir fortbewegen, möchte ich innehalten, um mich zu fragen, ob es wirklich das ist, was mich verunsichert. Ich zweifle daran. Sicher weiss ich nur, dass mich irgend etwas verunsichert. *Das zuzugeben fällt nicht leicht.*

Ich will versuchen, das Thema von einer anderen Seite anzugehen. Eine französische Bekannte rief, nachdem sie das Händlerviertel besucht hatte, aus: „C'est beau! C'est poétique! – Wie schön das ist, und so poetisch." Ich wurde etwas laut, als ich ihr entgegenhielt, dass dies mein Land sei, das frevelhafte Hände zerstört hätten – *Sie haben sicher, Herr Kawabata, den rhetorischen Ton bemerkt –,* worauf sie sich sofort entschuldigte, sogar noch bevor ich ausgeredet hatte, gerade als ob sie diese Reaktion erwartet hätte und nicht wollte, dass ich fortfuhr. Ich schwieg wie wider Willen, ich meine, es erweckte den Anschein, als schwiege ich wider Willen. Dabei war das gar nicht der Fall. Innerlich jedenfalls fuhr ich zornig fort: Ihr seid doch Völker, die immer etwas brauchen, das ihre Gefühle in Bewegung setzt, weil ihr keine Probleme habt. Ihr habt bekommen, was ihr euch gewünscht habt, und habt die Fähigkeit zu fühlen verloren. „Exotica!" murmelte ich, und ich glaube, sie wäre gern vom Erdboden verschluckt worden, so schämte sie sich – genau wie ich jetzt, Herr Kawabata, da ich diese Worte niederschreibe, gern vom Erdboden verschluckt würde. C'est beau! C'est poétique! Das ist auch Ausdruck meiner eigenen Verfassung.

In Wirklichkeit war ich nicht durch die Bekannte verunsichert, sondern durch ein beklemmendes Gefühl, das durch die Poesie dieser schrecklichen Zerstörung nicht besiegt wurde, das vielmehr die Scham verstärkte, diese schmerzlichen Erinnerungen an Pein, die uns dort gepeinigt, Demütigung, die uns dort gedemütigt, Angst, die uns dort geängstigt hat. Dort und an jedem ähnlichen Ort. Während ich diese Worte schreibe, Herr Kawabata, frage ich mich: Warum die Scham für dieses Gefühl? Warum diese Scham, besonders da ich doch immer versuche, am Grundsatz festzuhalten, mich nie eines Gefühls zu schämen, da alle Empfindungen im Menschen angelegt sind, und nur das Böse zu verhindern, das daraus resultiert. *Verflucht! Das ist der Abgrund, aus dem es kein Entrinnen gibt.*

Ich, Herr Kawabata, gehöre nicht zu denen, die an die Heiligkeit von Orten glauben, auch nicht zu denen, die in der Architektur des Ortes eine Verschwörung seitens der Geschichte sehen. Ich neige eher zu der Annahme, dass es zwischen der Architektur eines Ortes und den Ereignissen, die sich dort abspielen, eine Verbindung a posteriori gibt. Es liegt nicht in der Natur eines Ortes, dass sich dort bestimmte Vorgänge abspielen. Beispielsweise liegt es nicht in der Natur der Rauscha-Felsen an der Küste von Beirut, dass Menschen dort Selbstmord begehen. Dafür ist alles Hohe geeignet: Balkone, Dächer, Klippen und Ähnliches mehr. *Wobei ich zugebe, dass die Rauscha-Felsen verlockend sind.*

Vier Jahre habe ich in jenem Zimmer gewohnt, von dem

aus man den gesamten Märtyrer-Platz überblickt. Ich war Student. Es war ein grosses Zimmer mit vier Betten, deren drei von mir und zwei Kommilitonen belegt waren. Das vierte wurde von durchreisenden Gästen benutzt. Es war ein ständiger Alptraum für uns, da wir nie wussten, wer uns beschert würde: jemand mit Schweissfüssen oder ein Schnarcher. Diese Gäste gingen immer vor uns schlafen, und wir waren gezwungen, das Zimmer zu verlassen. Sie zersprengten uns. Wir drei im Zimmer teilten die politischen Überzeugungen. Wenigstens zweimal pro Woche bezahlten wir für das vierte Bett. Dann schlief darin meistens er oder Hassan, oder wir luden andere Genossen zu uns ein und diskutierten bis spät in die Nacht über Themen, die uns als Parteiaktivisten und revolutionäre Intellektuelle beschäftigten.

Ich erinnere mich. Es war etwa einen Monat nach meiner Ankunft in diesem Hotel. Ich trat auf den Balkon hinaus, um mir die Truppenparade anlässlich des Unabhängigkeitsfestes anzusehen. Dieser Tag war ein Schock. Die Soldaten waren nicht wie in unserem Schulbuch. Einige alberten herum. Der Hintermann trat den Vordermann, der sich umdrehte und den Tritt zurückgab. Ich beschloss, sie müssten Verräter sein oder sie liebten ihr Land nicht. Es war das erste Mal, dass ich einer Truppenparade beiwohnte. Ich erinnere mich. Ich ging immer wieder hinaus auf den Balkon, um den Verkehrspolizisten zu betrachten, der dort unten seinen Posten hatte und seiner Aufgabe mit Bravour nachkam. Ich betrachtete die vorüberfahrenden Autos und schaute besonders nach den Füssen und den Beinen der Frauen. Ich erinnere mich. Auf dem Platz standen Glaskabinen, öffentliche Telefone. Ich hatte niemanden, den ich von dort hätte anrufen können. Doch ich sah sie sehr gern. Irgend etwas daran fand ich verlockend. Vielleicht die Tatsache, dass sie allein dastanden, Tag und Nacht. Und auch noch aus Glas, auf einem öffentlichen Platz.

Einmal ging ein Mann hinein; ich blieb stehen, um ihm zuzuschauen. Nach einigen Augenblicken beobachtete ich, wie er den Hörer zerschlug. Ich lief hin, doch er bedeutete mir, ich solle verschwinden. Da rannte ich zu dem nicht allzu weit entfernt stehenden Polizisten, der mir aber kein Gehör schenkte. Allzugern hätte ich diesem Polizisten gesagt, der Mann am Telefon da sei sicher mit jenen Soldaten verwandt, die während der Militärparade herumalberten, oder gar aus seinem Dorf. Ich war fest davon überzeugt.

Irgendwann während dieser Zeit wurde mitten auf dem Platz eine Blumenuhr angelegt, deren Ziffern ebenfalls aus Blumen bestanden und deren Zeiger über ein rundes Blumenbeet strichen. Ich mochte öffentliche Plätze schon immer. Als er meine Gefühle als kleinbürgerlich bezeichnete, schwieg ich. „Die wollen doch nur ihre eigene Hässlichkeit kaschieren", bemerkte er spitz. „Alles, was sie tun, wozu dient das schliesslich und endlich? Doch nur zur Festigung der Kontrolle über die Arbeiterklasse." Er war wie ein Berg, Herr Kawabata, wie ein Berg, und der Berg, Herr Kawabata, ist in unserer Kulturtradition etwas Grosses, Gewaltiges, ist sprichwörtlich für Festigkeit, für Härte, für Stolz. Als ich ihm berichtete, was mir nach einer Diskussion über die Existenz Gottes passiert war, schmunzelte er. Meine Magenmuskeln hätten sich zusammengezogen, erzählte ich ihm, und ich hätte mich fast auf den Gehsteig erbrochen und mich nur mit letzter Kraft ins Klo eines Cafés retten können. An jenem Tag war ich an der Pädagogischen Fakultät der Libanesischen Universität, wo diese Debatte stattfand, bei der es ergiebigere Argumente contra als pro gab. Damals waren die Contras die Zukunft, die Pros dagegen die Vergangenheit. Es war die Zeit der Befreiung Palästinas, des Sozialismus und des Bündnisses mit der Sowjetunion, mit den Befreiungsbewegungen in der Dritten Welt und den fortschrittlichen Kräften in den kapitalistischen Staaten. Und es war eben auch die Zeit der Nichtexistenz Gottes. Sie alle lagen im selben Graben, jenem anderen Graben gegenüber, in dem sich „objektiv" Israel, der Imperialismus, die arabischen Regimes und Gott verschanzt hatten.

Bei jener Diskussion hatte ich das Gefühl, Gott habe mich alleingelassen; er war verschwunden. Ich spürte einen schlimmen Schmerz, der sich durch mein ganzes Ich, durch meine ganze Existenz zog. Ich verliess die Versammlung, noch bevor sie zuende war, bestieg ein Taxi, um ich weiss nicht wohin zu fahren, und erbrach einige Augenblicke später alles, was ich noch in mir hatte, was den Zorn des Fahrers erregte. „Das hättest du auch schon vorher tun können", schimpfte er, was mich bedrückte.

Es bedrückte mich zutiefst. Ich hätte ihm gern gesagt, dass er an diesen Qualen, die ich durchmachte, schuld sei, und dass die völlige Entleerung meines Innern nichts anderes sei als die Taufe beim Wechsel vom einen Graben in den anderen, und dass ich jetzt in seinem Graben liege, seinem, des Herrn des objektiven Nutzens des Verschwindens Gottes und folglich der Religion, jener Droge, jenes Opiums fürs Volk, jenes Verbündeten der herrschenden Klasse.

Er schmunzelte, als ich ihm das erzählte. Der Berg schmunzelte. *Es war nicht der Unterschied der Körpergrösse, was mich existentiell erschütterte, als ich ihn traf und er mich nicht sah, er, der nur besonders Auserwählte sieht; ausserdem hatte ich diesen Grössenunterschied ja geschaffen. Es war etwas anderes, Herr Kawabata, wirklich etwas anderes.* Er bemerkte ganz allgemein, es brauche noch viel, damit wir von unserem Erbe loskämen und Revolutionäre in des Wortes eigentlicher Bedeutung würden. Das sei wirklich schwierig und erfordere einen täglichen Kampf gegen sich selbst, und zwar an allen Fronten, besonders an scheinbar nebensächlichen, zum Beispiel der Alltagssprache, bei der fast in jedem Ausdruck „Gott" vorkomme: So Gott will, Gott sei Dank, mit Gottes Erlaubnis und so weiter. Das verrate tiefverwurzelte, unbewusste Überzeugungen von Schicksalsergebenheit und fehlendem Vertrauen in den menschlichen Verstand. Und genau das sei es, was die herrschende Klasse verankern wolle, um ihre Kontrolle zu perpetuieren. Wie ein Berg, Herr Kawabata, wie ein Berg.

Als er nach einigen Jahren aus Frankreich zurückkehrte, war er noch härter geworden. Dort hatte er den Dr. rer. pol. erworben, während ich einen Doktor in Literaturwissenschaft erhielt. Das Wichtigste für uns beide war aber nicht der Erwerb dieses Titels, sondern die reiche Erfahrung, die wir an der Seite der Genossen von der französischen kommunistischen Partei, der KPF, erwarben, der wir uns für die Dauer unseres Frankreichaufenthaltes anschlossen, um an Studien- und Trainingskursen teilzunehmen und uns an ihrem Kampf zu beteiligen. Wir legten in allen möglichen Kreisen das Palästinaproblem dar, wie es wirklich war, kooperierten dabei mit fortschrittlichen arabischen, besonders aber palästinensischen Organisationen. Dann kehrten wir, stolz auf unsere Erfahrung, aus Frankreich zurück, entschlossen, diese Erfahrung in den Dienst der Partei und der Sache der Arbeiterklasse zu stellen. Wir waren unserer Überzeugung und unserer Prinzipien sicherer denn je, sicherer sogar als die französischen Genossen. „Treten denn heute, am Ende des zwanzigsten Jahrhunderts, Leute noch immer in den Stand der Ehe?" fragte er einmal eine französische Genossin, die ihm erzählt hatte, sie werde bald heiraten.

Nach unserer Rückkehr beschloss ich, ein für allemal die kindlich-nostalgische Nabelschnur durchzuschneiden, die mich noch immer ans Dorf band, und mich nicht mehr nach den Oliven und dem Öl meiner Mutter zu sehnen oder nach irgend etwas anderem, das aus ihrer Hand stammte. *Er verabscheute Oliven. Sein Vater war bei der Arbeit auf den Olivenfeldern gestorben. Während der Olivenernte war eines Tages, kurz vor Mittag, als die Sonne richtig warm schien, eine Schlange aufgetaucht und hatte ihn gebissen. Er starb an dem Biss.* Ich beschloss auch, in einfachen Restaurants all das zu essen, was meine Mutter mit eigener Hand zuhause herstellte. „Die ganze Stadt muss zu einem Mutterschoss werden." Als ich diesen Slogan formuliert hatte, war ich ausser mir vor Freude, und ich war glücklich darüber, dass er auch ihm gefiel. Alles, was wir in Restaurants assen, musste so sein, wie es unsere Mütter zuhause auf dem Dorf machten.

Beirut hatte sich jedoch noch nicht in einen Mutterschoss verwandelt, als ich in den einfachen Restaurants zu essen begann. Das tägliche Leben fand mitten unter den Volksmassen statt, und war wie deren Leben. Ich pflegte Speisen auszusuchen, die ich bei meiner Mutter besonders mochte, doch sie schmeckten anders. Aber das konnte nur vorübergehend sein; danach wären dann alle Speisen gut. Einmal brachte er mich nach dem Abendessen in einem solchen Restaurant in seinem Auto ins Krankenhaus, und bei meiner Entlassung am folgenden Tag versicherte er, dergleichen könne jedem überall passieren. Noch bevor er ausgeredet hatte, pflichtete ich ihm bei, da ich darüber ebenso dachte.

Beirut müsse sich zu einer Stadt aus Individuen entwikkeln, die frei sind von Bindungen an Familie, Dorf, Religionsgemeinschaft oder Stamm. Das ist die Stadt! Beirut müsse werden wie die Städte in den Büchern, die wir lasen; dann könnten unsere Prinzipien darin wirksam werden. Wir hatten unsere Ideen begradigt, nun galt es nur noch, Beirut zu begradigen, damit es sich mit diesen Ideen verträgt. Deshalb rief er den Vater seiner Freundin an, um ihm klarzumachen – ich stand neben ihm und gab ihm flüsternd und gestikulierend Ratschläge –, seine Tochter sei mündig und damit frei, zu tun und zu sagen, was sie wolle. Dann machte er ein Treffen mit ihm ab, wohin ich ihn begleitete.

Es war noch früh am Abend, und der libanesischen Bürgerkrieg hatte erst gerade begonnen. Wir kamen vor dem Vater beim vereinbarten Café an, gingen aber zu unserem Glück nicht hinein, sondern warteten auf dem Trottoir. Ich erinnere mich, dass ich beunruhigt war und ihm meine Beunruhigung mitteilte und ganz offen sagte, dass unser Standpunkt vielleicht auf einer Analyse basiere, der grundlegende Prämissen fehlten. Auch dass in unserem Verhalten sich ein gewisses Mass an Idealismus finde, sagte ich ihm. Doch dann korrigierte ich mich und versicherte, wir hätten die Pflicht, gegen die Wirklichkeit anzurennen, um sie zu erschüttern, andernfalls würde sich nie etwas ändern.

Ihr Vater kam angefahren, entstieg sichtlich nervös dem Auto und ging sofort zum Kofferraum. Ich eilte hinter ihm her, um in Erfahrung zu bringen, was er tat, da ich vermutete, er wolle eine Waffe holen. Als ich ihn tatsächlich eine Maschinenpistole hervorziehen sah, packte ich ihn und rief nach ihm – ihm –, der herankam. Doch statt mir zu helfen, dem anderen die Waffe abzunehmen, begann er einen vorwurfsvollen Sermon. *Seine Freundin hatte ihm erzählt, ihr Vater sei Marxist, mit anderen Worten, es sei ihm gleichgültig, wenn seine Tochter einen Christen heirate.* „Wir", begann er seinen Ser-

mon, „befinden uns an der Schwelle zum einundzwanzig-
sten Jahrhundert" – *es fehlte nur noch ein Vierteljahrhundert,*
und ein solches Verhalten sei heute wirklich nicht mehr
statthaft. Aber der Vater wurde immer erregter und nervö-
ser, so dass ich nicht das geringste Quentchen Zweifel mehr
hegte, dass er das Feuer auf uns eröffnen würde, wenn ich
ihm die Waffe überliesse. Die Maschinenpistole wurde zu
seinem und meinem Rettungsfloss. Aber dem Vater gelang
es doch, den Abzug zu erreichen und abzudrücken. Der erste
Schuss ging in die Luft, der zweite ebenfalls, der dritte in
sein – *sein* – Bein. Als Blut floss, liess er die Waffe fahren, an
der ich mich noch immer festklammerte, stürzte sich in sein
Auto und raste los. Er – *er* – schrie, ich solle ja nicht auf ihn
schiessen; ich hatte nämlich schon angelegt und durchaus
diese Absicht gehabt.

Mein Freund war zum Glück – *seinem und natürlich auch
meinem* – nur leicht getroffen. „Zum Krankenhaus", sagte
ich. „Nein", entschied er, „wir fahren zurück." Also fuhren
wir nachhause zurück, wo er sich selbst verarztete. Ich schlug
vor, einen Genossen zu rufen, der Arzt war, und obwohl er
ablehnte, rief ich ihn doch.

In den folgenden Tagen schalteten sich verschiedene Leute
ein, Genossen und andere Bekannte. Es wurde ein „Versöh-
nungstreffen" vereinbart; der Vater sollte seinen künftigen
„Schwiegersohn" besuchen. „Siehst du wohl", sagte er, nachdem der Vater weggegangen war, und wollte damit zum
Ausdruck bringen, dass er Recht gehabt habe, worauf ich ihn
daran erinnerte, dass ich mich seinem Vorhaben nie widersetzt, sondern es im Gegenteil befürwortet hätte, und als er
mich daran erinnerte, ich hätte Schiss gehabt, gab ich mit
gleicher Münze zurück. Auch dieser Vorfall verstärkte sein
Vertrauen in die Kraft und die Wirksamkeit seiner Ideen:

„Das Individuum – *er gebrauchte nie gern das Wort Mensch* –, Mann oder Frau, ist frei, zu tun und zu sagen, was es will. Das ist ein allgemeines und überall gültiges Prinzip."

Aber ich gestehe Ihnen, Herr Kawabata, ganz unter uns, dass ich damals, obwohl ich mich über den Besuch des Vaters seiner Freundin freute, irgendwo tief in meinem Innern einen Argwohn nicht loswurde. Warum änderte der Vater seine Ansicht so rasch und so leicht? Sollte er sich zu einem Säkularisten gemausert haben, der eine interkonfessionelle Ehe für akzeptabel hält, und das zu einer Zeit, da wir nicht umhin konnten zu spüren, dass sich die Welt auf einen langen blutigen Winter zubewegte, generell zwischen allen Gruppierungen, und besonders zwischen den Religionsgemeinschaften. Dieser Winter hatte tatsächlich schon begonnen, nur wir, die progressiven Kämpfer, weigerten uns, Dinge zu sehen, die unseren Überzeugungen zuwiderliefen. Das war zuviel verlangt, und zwar obwohl die Partei schon in den ersten Wochen des Krieges an uns christliche Mitglieder, soweit wir an den Kampfhandlungen beteiligt waren, Kennkarten verteilt hatte, die Namen palästinensischer Organisationen, der tatsächlichen Machthaber in der Gegend, und muslimische Pseudonyme trugen. Laut meiner Karte beispielsweise hiess ich Muhammad Ajjûb, war geboren in Jaffa/Palästina und gehörte zur Kategorie der Kämpfer. Wir sahen darin nichts Aussergewöhnliches und fragten weder andere noch uns selbst, warum wir unbedingt Muslime sein mussten, um nicht entführt oder umgebracht zu werden in den Gebieten, die wir mit der Waffe in der Hand verteidigten, gleichzeitig aber die maronitische Falange wegen ihrer diskriminierenden Politik kritisierten? Wir sahen darin nichts Aussergewöhnliches, erblickten darin vielmehr eine bemerkenswerte Fürsorge seitens der Partei für ihre „Elemente" im Augenblick, da sie an zahlreichen Fronten einen bitteren Kampf begann.

Danach verschwand jener Vater aus unserem Blickfeld und störte uns nicht länger, und die junge Frau besuchte ihren Freund nach Belieben. Der Vater hörte indessen nicht auf, sie zu drängen – nicht zur Heirat, sondern dazu, diesen Zustand möglichst bald zu beenden. Für ihn wurde es immer schwieriger, sich direkt dem Wunsch seiner Tochter entgegen zu stellen, meinen Freund zu heiraten, nachdem er ihn kennengelernt und von den Genossen vieles über ihn erfahren hatte. Schliesslich war er nicht irgendwer, sondern einer der grossen Parteiintellektuellen, einer der eifrigsten Kämpfer. Er war der Held des 23. April 1969.

Das war ein denkwürdiger Tag gewesen, sein Tag, der Tag, an dem die Sicherheitskräfte versuchten, sich des Märtyrer-Platzes zu bemächtigen. Es war vorgerückter Abend. Wir führten den Plan durch, den wir entworfen hatten. Kleine, bewegliche Gruppen wurden gebildet, und kaum war eine zerschlagen oder aufgelöst, formierte sich auch schon die nächste und äusserte sich mit lautstarken Slogans gegen das repressive System. Mein Freund war überall zugleich. Mehrfach wurde in seine Richtung geschossen, und er entging nur knapp den Kugeln, doch jedesmal wenn er wieder davongekommen war, wurde er noch wilder.

Ich hielt mich, wohin er auch ging, an seiner Seite. Einmal forderte er mich auf, mich in Sicherheit zu bringen und die Stellung zu räumen, da die Lage, wie er sich ausdrückte, brenzlig, ja, lebensgefährlich würde. Dann müssten wir uns alle in Sicherheit bringen, entgegnete ich und hätte ihm auch gern noch gesagt, es zeuge nicht von Mut, sich zu exponieren und zum leichten Ziel zu machen, wenn dafür gar keine Notwendigkeit bestehe.

Auch mich verfehlten die Kugeln nur knapp, *was ich ihm aber nicht sagte.* Eine sauste haarscharf an meinem Ohr vorbei, aber ich erzählte niemandem davon. *Wie kam es bloss, dass ich ihn in Gefahr sah, während er das bei mir nicht wahrnahm? Warum bloss?* Denn der Kampf war für mich etwas, das stillschweigend ablief, und Scheinwerfer auf heldenhafte Führerpersönlichkeiten zu richten war eine reaktionäre Praxis, von der wir uns befreien mussten, da die Volksmassen der eigentliche Held waren, der Stern. Die Scheinwerfer müssen auf sie gerichtet werden: Das ist reine revolutionäre Praxis. Alles andere entspringt bourgeoisem Denken, das uns zur Vergöttlichung des Individuums führt und diesem eine historische Rolle zuweist, die ihm nicht zusteht. Die Volksmassen sind es, die die Geschichte machen, nicht die Führer, und durch jedwede Vergöttlichung des Individuums wird die Rolle der Volksmassen geleugnet. Sie also müssen die nötige Erfahrung erwerben und sammeln, um sich der Geschichte bemächtigen zu können. Solange die Volksmassen sich nicht der Geschichte bemächtigen, wird sich nichts ändern, die Unterdrückung wird weiterbestehen, und der Menschheit wird keine Rettung zuteil, und kein neuer Morgen wird anbrechen. Das war es, was ich meinem Freund erklären wollte, besser gesagt: woran ich ihn in jenen Wahnsinnsaugenblicken gern erinnert hätte. Aber er war allein, ich meine: er war von sich allein erfüllt, was heissen soll, dass es keinem anderen Wesen möglich war, ihn zu erreichen, ihn in irgendeiner Weise zu beeinflussen. Er suchte den Tod, den Tod als Märtyrer. Allein der Tod als Märtyrer ist in solchen zentralen Augenblicken eine gewaltige Befruchtung der Geschichte und ein entscheidender Schub auf dem Marsch zum Sozialismus. Zur Freiheit, zur Gerechtigkeit, zur Gleichheit.

Bis zu jenem Tag hatte er noch nie so etwas gehört wie diese Geschichte vom Mordversuch an seiner Freundin. Nachdem dem Vater klar geworden war, dass nichts die Tochter von der Verwirklichung ihres Wunsches abbringen konnte, ihren Freund zu heiraten, schickte er die Familie ins Dorf, legte einen Gasschlauch in das Zimmer, in dem sie schlief, und liess ihn die ganze Nacht über geöffnet. Am Morgen trug er sie in die Küche, brachte den Schlauch wieder richtig an und verliess das Haus. Doch sie war nicht tot. Danach beschloss man, die Genossin mit einem Stipendium zur medizinischen Spezialausbildung nach Moskau zu schicken, da die Situation im Land es nicht erlaube, sich auch noch mit den reaktionären Muslimen anzulegen und sich damit vom Hauptkampf, demjenigen gegen das libanesische System, ablenken zu lassen. Die Leute waren damals noch nicht daran gewöhnt, täglich Dutzende oder Hunderte den Märtyrertod sterben zu sehen. Der Krieg hatte noch nicht begonnen. Vom Jahr 1975 trennten uns noch sechs lange Jahre, und der Tod eines Märtyrers war zu jener Zeit noch etwas Aussergewöhnliches, etwas, das das Land bis in die hintersten Winkel erschütterte. Ein solcher Tod konnte eine Regierung zum Rücktritt zwingen, und dem Begräbnis widmeten die Zeitungen ihre Schlagzeilen. Unseren Kindern, unseren Schulen, unseren Institutionen gaben wir die Namen der Märtyrer, und wenn wir zu ihrem Gedenken zusammenkamen, schwiegen wir einige Augenblicke oder erhoben uns, wenn wir sassen, zu ihren Ehren.

Zu jener Zeit war jeder Märtyrer ein besonderer Märtyrer, nicht wie heute, wo die Märtyrer Massenware sind und kaum einer besonders auffällt.

Herr Kawabata, hören Sie, was ich schrieb, als zu Beginn des Krieges einige von uns als Märtyrer fielen und wir es für

passend hielten, uns „Partei der Märtyrer" zu nennen: „Diejenigen", so schrieb ich, „die unermüdlich behaupten, Kunst
stehe im Widerspruch zum Engagement, scheinen dem, der
das Epos unserer Märtyrer liest, aus faulen Zähnen entstie-
gen. Sie sind glücklich, gegen ihre Mamis im Kartenspiel zu
gewinnen oder ein Kampfplatz für Windstösse zu sein, und
ihre Mägen revoltieren beim Anblick von Blut."

Herr Kawabata, diese Worte schrieb ich wenige Wochen
nachdem ein Genosse auf einem Beobachtungsposten an
meiner Seite gefallen war. Es war Nacht, in einem Hoch-
haus, das die Bewohner verlassen hatten, da es im Frontbe-
reich lag. Wir waren mutterseelenallein, und, so lautete der
Auftrag, wenn wir etwas Verdächtiges sahen, sollte einer
von uns hinuntergehen und Meldung machen, der andere
die Stellung halten und weiter beobachten. Plötzlich wurden wir Ziel eines dichten Kugelregens, der zwei oder drei
Minuten andauerte. Sofort nahmen wir Deckung auf dem
Boden und krochen zu den inneren und damit sichereren
Zimmern. Als der Kugelregen vorüber war, hatte ich das
Gefühl, die Herrschaft über die verschiedenen Bereiche
meines Körpers, meine geistigen Fähigkeiten und über
meine Gefühle verloren zu haben. Allein mein Herz schlug
auf eine erschreckende Art, als hätte es jede Beziehung zu
mir und den übrigen Körperteilen verloren. Meine Hände
zitterten, und das Gewehr, das ich damit festhielt, stiess
gegen meinen Kopf. Nur eines gehorchte mir – meine
Stimme. Erst nach einiger Zeit, nachdem ich diese Stimme
sich allein artikulieren hörte – unklare Wörter und zusam-
menhanglose, ungeordnete Laute, Wörter und Laute, die ich
nur wählte, um mich der Kontrolle über meine Stimme zu
vergewissern – und nachdem Teile und Funktionen allmählich wieder zusammenfanden, vernahm ich ein fernes, schwa-

ches Stöhnen. Ich rief. Keine Antwort, doch das Stöhnen ging weiter. Da dämmerte mir allmählich, dass mein Genosse getroffen war und ich so rasch wie möglich zu ihm musste. Aber wie? Ich hatte völlig die Orientierung verloren und durfte auch das Feuerzeug nicht benutzen, das vielleicht sogar unsere Stellung verraten hatte, da wir, wenn auch unter Berücksichtigung aller Vorsichtsmassnahmen, mehrmals geraucht hatten. Schliesslich, und ohne zu wissen wie, war ich bei ihm. Als ich ihn mit der Hand berührte, spürte ich, dass ich in einen Blutstrom griff. Ohne eine Ahnung von seiner Verletzung zu haben, sagte ich zu ihm, er brauche sich nicht zu fürchten, es seien nur ein paar Schrammen. Doch er erwiderte, als er meine Stimme hörte, nur: „Sprich die Fâtiha für mich!" Erst glaubte ich, nicht recht verstanden zu haben, da seine Stimme kaum hörbar war, doch er wiederholte mit aller ihm noch verbliebenen Entschiedenheit: „Sprich die Fâtiha für mich!" Da wünschte ich aus der Tiefe meiner Seele, ich könnte die erste Sure des Korans für ihn sprechen, obwohl mich die Bitte sehr verunsicherte. Aber ich konnte die Fâtiha nicht, wollte ihm jedoch in einem so entscheidenden Augenblick keine Bitte abschlagen. So murmelte ich rasch einige improvisierte Wortkombinationen, in die ich mehrmals den Namen Gottes einflocht. Dann liess ich ihn allein, um den Genossen Bericht zu erstatten.

Nachdem wir ihn hinuntergeschleppt und in das nächstbeste Zimmer gelegt hatten, Herr Kawabata, sah ich ihn im Licht der Lampe; er war blutüberströmt. Er schien die erste Kugelladung voll abbekommen zu haben. Wir konnten seinen Körper erst am folgenden Nachmittag wegbringen; es war heissester Sommer.

Zwischen verbranntem Menschenfleisch, Herr Kawabata, und verbranntem Tierfleisch gibt es eine sehr grosse Ähnlichkeit. Auch mein Magen revoltierte beim Anblick des Blutes, und ich will Ihnen nicht verhehlen, was ich praktisch mir selbst verhehlte, dass nämlich meine Probleme mit dem Fleischgenuss am Anfang des Krieges einsetzten, besonders mit diesem Vorfall, in dem Augenblick, da ich durch Granatsplitter geröstetes Menschenfleisch sah. Nicht nur ich, auch viele andere hörten auf, Fleisch zu essen, ja, eine Frau enthielt sich von dem Tag an, als sie einen zerfetzten Körper sah, nicht nur des Verzehrs von Fleisch, sie konnte seither auch nur noch im Wasser schlafen. Als das nicht möglich war, fing sie an, das Bett zu nässen, um einzuschlafen. Eine andere Frau sammelte die Katzen des Viertels und setzte ihnen Futter vor, in das sie Antibabypillen gelegt hatte. Sie hasse es, Katzen gebären zu sehen, kommentierte sie ihr Tun.

Etwas wie das Folgende, Herr Kawabata, haben Sie vor Ihrem Tod sicher nie gehört. Lassen Sie mich erzählen: Als man in Beirut begann, die Demarkationslinie zu beseitigen und die Strassen zwischen den beiden Teilen der Hauptstadt wieder zu öffnen, gingen Berichte um, wonach Hunde in die Stadt einfielen, vertrieben aus dem Niemandsland beidseits der Demarkationslinie, wo sie sich fünfzehn Jahre lang von menschlichen Kadavern ernährt hatten, die dort unbestattet liegen blieben, da wegen der dauernden Kämpfe und der Heckenschützen auf beiden Seiten niemand zu ihnen gelangen konnte. Diese ausgehungerten Hunde sollen bei Nacht in die Wohnviertel eingedrungen sein und Menschen, besonders Frauen und Kinder, zerfleischt haben. Sie seien in Rudeln aufgetreten wie in längst vergangenen Zeiten, vor dem Einzug der Zivilisation auf unserem Planeten. Mit eigenen Augen – *fast hätte ich gesagt mit meinen ureigenen Augen, einer von diesen unvergänglich schönen Ausdrücken* – habe ich einmal einen Vagabunden gesehen, mit Glatze, zottigen Koteletten und ebensolchem Bart, wie ein Urmensch; die Schmutzschicht auf seinen blossen Körperteilen und auf seiner Kleidung war mehrere Zentimeter dick. Er trug einen Stab wie ein Hirte und war umgeben von einer Schar solcher Hunde, die ihm nicht unähnlich sahen. Er rannte herum, als ob er erfahren hätte, die Situation an der Front sei prekär und seine Präsenz dort unverzichtbar. Auch die Hundeschar um ihn herum schien höchst erpicht, dorthin zu gelangen. Die Berichte von den nach Menschenfleisch gierenden Hunden entflammten die Fantasie der Stadt, Herr Kawabata. Es wurde viel darüber gesprochen, und viele Hunde wurden umgebracht.

Noch andere Gerüchte gingen um, beispielsweise, dass wir in der ganzen Stadt neben dem Fleisch von Rindern, Schafen und Ziegen auch solches von Hunden verzehrten, die speziell dafür gejagt oder da und dort in der Stadt aufgelesen würden.

Ich war bei dem Artikel über die Bedeutung des Märtyrertodes stehengeblieben, an dem Punkt, wo ich schrieb: Ihre Mägen revoltieren beim Anblick von Blut, weswegen sie Nächstenliebe predigen und die Tonnen des Elends dagegen nicht auf die Waagschale legen.

Ich will damit sagen, Herr Kawabata, dass diejenigen, die Nächstenliebe im Munde führen und das Töten verabscheuen, das Elend, in dem der Grossteil der Menschheit lebt, *niedergedrückt von seiner Last,* nicht sehen und deshalb auch nicht ernsthaft darüber nachdenken wollen.

Ich stand also auf seiten der Geschichte, und die Revolution war eine historische Notwendigkeit. Was sich im Libanon abspielte war der Beginn der Revolution, und jede Behinderung der Revolution war eine Behinderung des

Verlaufs – *ich hätte jetzt gern gesagt, des Tempos* – der Geschichte, *meiner Geliebten, die ich mit einem stolzen Ross vergleiche,* dieser Geschichte, die erst mit dem Sieg des Sozialismus in des Wortes umfassender Bedeutung anhebt. Die Revolution bedeutet Gewalt, daran ist nichts zu beschönigen, auch wenn wir Revolutionäre, das steht völlig ausser Zweifel, den Übergang zum Sozialismus lieber auf friedlichem Weg sich vollziehen sähen. Doch die Bourgeoisie mit ihrem repressiven Apparat, das heisst dem Staat, weigert sich, ihre Macht auf friedlichem Wege abzugeben. Die Gewalt ist also eine für uns unumgängliche Notwendigkeit, die unser Handeln zwangsläufig bestimmt. Was sich im Libanon abspielt ist zwar genau genommen keine sozialistische Revolution, doch es kommt dem schon recht nahe. Es ist ein höchst bedeutsamer Schritt in die richtige Richtung, ja, kann als ein erster Schritt der Revolution angesehen werden. Und die Rolle, die unsere kommunistische Partei dabei spielt, die organisierte Vorhut der Arbeiterklasse, ist der strahlende Beweis dafür.

Herr Kawabata, es könnte so aussehen, als würde ich mich lustig machen über das, wovon ich erzähle, als würde ich mich darüber erheben, als würde ich die „Schuld" bei ihnen suchen, bei den anderen, als sei ich allein das Opfer, sie die Henker. Doch das ist schlecht möglich, wo ich doch von Natur aus zum Schuldbewusstsein neige, mitunter ohne jeden Anlass. Ein Beispiel: Einmal, es war auf einer Nebenstrasse der Hamra, ging wenige Meter vor mir ein Mann in Uniform, der vielleicht zu einer dieser zahlreichen Milizen gehörte oder vielleicht Soldat in einer jener regulären Armeen war, die bei uns durchzogen. Nochmals einige Meter vor diesem Militärmenschen ging, in Begleitung eines Mannes, eine junge Frau, die einen nicht ganz knielangen

Rock trug. Sie hatte schöne weisse Beine; die Sonne war noch nicht imstande gewesen, ihr Werk an den Körpern zu tun, es war erst zu Beginn des Frühlings. Der Militärmensch blickte unverwandt auf die Beine der Frau, ich ebenso. Ihr Anblick war an sich schon bemerkenswert, hinzu kam, dass es zu jener Zeit nur wenige Frauen gab, die den Mut hatten, in Westbeirut einen kurzen Rock zu tragen. Ich überholte den Militärmenschen, und geriet so zwischen ihn und die Frau, und plötzlich wurde mir klar, dass ich ihm dadurch vielleicht die Sicht auf die Beine versperrte. Deswegen wich ich auf eine Seite des Trottoirs aus und überholte die Frau samt ihrem Begleiter und ermöglichte so dem Militärmenschen wieder den ungehinderten optischen Genuss.

Später habe ich immer wieder über den Vorfall nachgedacht und mich gefragt, was mich zu dieser Reaktion veranlasst haben könnte. Sicher war es die Furcht vor einem Mann in Uniform, der ja vielleicht zu denen gehörte, die diese Hälfte der Stadt beherrschten, und sich über mich ärgern könnte, mich, der sich immer wieder dabei überraschte, wie er sich selbst als Ritter ohne Furcht und Tadel sah. Eine bildschöne Frau auf einer Strasse, verfolgt von einem Mann, der sie durch geile Blicke belästigt, sie sogar anzufassen versucht. Da trete ich auf, verpasse ihm einen Faustschlag in die Magengegend; er windet sich, ich hole nochmal aus. Die Frau dankt mir. Ich erwidere den Dank in knappster Form, vielleicht nur mit einer Kopfbewegung, wortlos, und gehe weiter.

In Friedenszeiten, Herr Kawabata, wäre mir da wohl der Wunsch gekommen, einem Militärmenschen zu gestatten, sich derart an zwei unschuldigen Beinen zu ergötzen?! Hätte ich auch spontan eine Phantasiekontrolle walten lassen, um nicht von jenem Traum überrascht zu werden, in dem ich seinen Körper sich unter einem einsam einzigen Hieb meiner Faust winden sehe.

Deshalb, Herr Kawabata, nein, weshalb erwecke ich den Eindruck eines Unschuldigen in einem Dickicht aus Blut, Ungerechtigkeit und Zerstörung? Etwa weil die Sowjetunion zusammengebrochen und der Horizont der kommunistischen Parteien aus dem Blickfeld verschwunden ist?

Ich kann verstehen, dass man sich ein Stück weit von Vorgängen distanziert, um etwas neutraler darüber sprechen zu können, aber Spott Überzeugungen gegenüber, die unsere, will sagen meine waren aus tiefstem Herzensgrund?! *Aus tiefstem Herzensgrund! Auch einer von diesen unvergänglichen Ausdrücken. Wie ist es möglich, dass die Sprache sich selbst schreibt, durch uns hindurch? Wie kann es sein, dass wir nur Gefährt für sie sind?* Mit diesen Überzeugungen wirkten wir bis zum Ende, bis zum Mord. Ja, bis zum Mord. Wer von uns hätte nicht mit seiner Hand getötet, wer von uns nicht mit seiner Zunge? Abgesehen natürlich von meinem Freund, der sich sicher deshalb so stolz und hochnäsig auf dem Trottoir bewegte, kurz vor der Passage, die zur Garage des Hamra-Gebäudes führt.

In dieser Passage, die das Trottoir unterbricht, gab es eine dunkle Grube voller Abwasser aus der Kanalisation jenes Beirut, das sich gerade von seinen absurden Kriegen verabschiedete. Der Menschenstrom auf dem Trottoir wich der Grube instinktiv aus; hinein fiel nur, wer aus irgendeinem Grund aus dem Strom ausscherte. Abgesehen von ihm! Meinem Freund, der nicht dem Tempo des Stromes folgte, aber auch nicht hineinfiel. Weil er den Ort kannte.

Er ging im Strom, aber mit anderem Schritt. Sein Tempo war langsamer, er liess sich Zeit beim Gehen, als sei das Gehen als solches auf dem Trottoir der Hamra-Strasse der eigentliche Zweck, nicht das Erreichen eines bestimmten Ortes. Er war einfach da, hatte keine Eile, irgendwohin zu gelangen. Auf ihn warteten die Orte, sehnten sich nach ihm, schätzten sich glücklich, wenn er sie betrat.

Das war nach dem Ende des Krieges. Die Übergänge, welche die Libanesen getrennt hatten, waren wieder offen, die Milizen hatten ihre Waffen niedergelegt, die Demarkationslinie in der Hauptstadt Beirut war beseitigt und die Hunde hatten sich in die bewohnten Viertel zurückgezogen. Er ging, das Haupt ein wenig erhoben, und schaute in die Ferne. Mit beiden Händen hielt er eine Gebetskette, direkt oberhalb seines kleinen Bäuchleins, das ihn nicht hinderte, kerzengerade zu schreiten. Sein Schnurrbart war schwärzer als sein völlig ergrautes Haupthaar. Er war mit besonderer Sorgfalt rasiert, er kam ganz sicher geradewegs vom Friseur. Das Schickste an ihm war aber sein Anzug: alles in Grau, mit einer fest geknoteten Krawatte und einem blütenweissen Hemdkragen, der seinen Hals umschloss, ohne ihn zu beengen. Ein Anzug, sozusagen direkt aus der Reinigung, frisch gebügelt für einen besonderen Anlass. Und er lächelte, lächelte, als ob nichts geschehen wäre. Er lächelte kaum merklich, blickte geradeaus in die Ferne, knapp über die Köpfe der Leute hinweg, als gewärtige er ständig, von der Kamera der Geschichte in unhistorischer Haltung überrascht zu werden, wodurch spätere Generationen ein schiefes Bild von ihm erhielten.

War es dieses Lächeln, das mich so fuchsteufelswild gemacht hat? Als ob nichts geschehen wäre! Als ob dieses Beben, das fünfzehn Jahre dauerte ... *Übrigens, Herr Kawabata, warum haben uns die westlichen Medien eigentlich wie eine seltsame menschliche Spezies dargestellt? Warum diese Bosheit? Warum diese Blindheit bei denen, die sich voreinander immerhin mit Atombomben schützen? Wie habt ihr in Japan uns gesehen?* Als ob er völlig unschuldig wäre an dem fünfzehn Jahre dauernden Beben, als ob er in seinen Vorträgen und Ansprachen zu verschiedensten Gelegenheiten, besonders vor den Kämpfern, nicht immer wieder gesagt hätte, es sei uns „verboten zu verlieren", wir seien „gezwungen zu siegen".

Später, nachdem er sich aus der Arbeit für die Partei zurückgezogen hatte, besass er die Dreistigkeit, sich gar zu rühmen, keinen Tropfen Blut an seinen Händen kleben zu haben; er habe vielmehr ständig gegen den Kampf aufgerufen und sich dann zu einem „marginalen" Aktivisten entwickelt, der sich während des Krieges gänzlich dem Spiel verschrieben habe, da er zutiefst davon überzeugt sei, alles sei erlaubt, nur das Töten nicht. So wurde das Spiel zum Kampf gegen den Krieg.

Als kleiner Junge, Herr Kawabata, sah ich das Blut den Nacken eines Mörders beugen. Denn Blut wiegt schwer. „An seinem Nacken hängt Blut", pflegten wir zu sagen: Vom Dach unseres Hauses beobachtete ich einen Leichenzug. Ich sah den Ermordeten im offenen Sarg liegen, von vielen Händen getragen; auf seinem weissen Hemd waren dunkle Flecken. Sie stammten von zahlreichen Kugellöchern in seiner Brust, erklärte mir ein Kamerad. Ich sah alle Nachbarn, die im Leichenzug mitschritten. Und ich sah einen von ihnen, dessen Nacken sich unter einem Gewicht beugte, obwohl er seinen Kopf hochzuhalten suchte. Er war genauso gekleidet wie der Ermordete, so dass ich sogar glaubte, sie seien Brüder. Später erfuhr ich, dass er der Mörder war.

Doch als ich ihn – *meinen Freund* – auf der Hamra-Strasse sah, war ich überrascht, an seinem Nacken auch nicht die geringste Spur von Blut zu bemerken. Ich war überrascht.

Ja, ein unerschütterlicher Nacken, so unschuldig wie wahrhaft Unschuldiges, in der Kuppelöffnung seines Hemdes. Er senkte sich in diese und verschwand darin, oder er erhob sich daraus, gekrönt vom Kopf, mit der Sicherheit des wahrhaft Sicheren, mit der Direktheit eines unbelebten Wesens. Sein Nacken war ein wenig kräftig, wirklich nur ein wenig, und ohne jedwede sichtbare Falte, glatt wie der Nacken einer Jungfrau und rein wie Kinder, die nie den Schmutz der Strassen und nie den Kot von Haustieren kennengelernt haben.

Er, dessen Aussprüche, es sei uns „verboten zu verlieren" und wir seien „gezwungen zu siegen", berühmt waren, begann sich damit zu brüsten, nie auf irgend jemanden einen Schuss abgegeben zu haben, und das in einem Krieg, in dem Tausende getötet und Dutzende Mal so viele verwundet, verstümmelt, gelähmt, verwaist, verwitwet und vernichtet wurden.

Um seinen Worten unumstössliche Glaubwürdigkeit zu verleihen, erzählte er immer wieder etwas, das er zu Beginn des Krieges im Jahre 1975 erlebt hatte, als der *maronitische* Präsident der Republik eine Regierung aus Militärs ernannte, mit einem sunnitischen Offizier an der Spitze. *Damals, also lange vor dem Abkommen von Tâif, das den Krieg beendete und durch das die Macht des Präsidenten zugunsten des durch einen Sunniten präsidierten Ministerrats und des durch einen Schiiten präsidierten Parlaments gestutzt wurde, besass der Präsident der Republik die Befugnis, die Regierung zu entlassen und eine andere zu ernennen.* Diese Regierungsbildung erfolgte, weil die zivilen Führer der Sunniten es ablehnten, an einer Regierung mitzuwirken, deren Aufgabe es war, die Sicherheit des Staates zu garantieren – das heisst, die bewaffneten palästinensischen Aktivitäten auf libanesischem Territorium einzuschränken. Sie lehnten das ab, aus Angst um ihre politische Karriere oder aus Überzeugung, denn die bewaffnete palästinensische Präsenz erfreute sich besonders im sunnitischen Milieu – die Palästinenser sind mehrheitlich Sunniten – so grosser Popularität, dass sogar der Mufti eines Tages erklärte, die Palästinenser seien die Armee der Muslime im Libanon, und zwar, weil er es für erwiesen hielt, dass in der libanesischen Armee die Christen bevorzugt werden.

Der Freund war also auf dem Weg nachhause; er wohnte in al-Schajjâch, heute Teil dessen, was man als die südlichen Vorstädte bezeichnet, eine Gegend, in der besonders Schiiten aus dem Süden und solche aus der Bekaa-Ebene leben. Es war Abend. Aus zahlreichen Strassen, die sich nach und nach zu permanenten Demarkationslinien zwischen beiden Teilen Beiruts verwandelten, waren Schüsse zu hören. Der Standpunkt der Partei war klar und unmissverständlich: Nein zur Militärregierung – *die rechten Medien nannten sie immer „Regierung der Militärs" –*, und zwar mit allen Mitteln, das heisst auch mit militärischen.

Statt nun nachhause zu gehen, lenkte der Freund seine Schritte zum lokalen Parteibüro in der Nähe seiner Wohnung. Dieses hatte sich in ein Zentrum für die Koordination bewaffneter Aktivitäten verwandelt. Dort erhielt er eine Kalaschnikow, die berühmteste Einzelkämpferwaffe jener Zeit, deren Name aufs engste mit den Befreiungsrevolutionen verbunden war und deren Berühmtheit damals, aufgrund von Meldungen aus Vietnam über die märchenhafte Effizienz dieser Waffe, ihren Höhepunkt erreichte; dort sollen damit die modernsten amerikanischen Kampfflugzeuge, die Phantom, heruntergeholt worden sein.

Mein Freund verbrachte die Nacht Wache schiebend. Seinen Bericht beendete er immer damit, ein Hund habe den

Wachposten angegriffen, und er habe nicht gewusst, was tun. Da habe er aus Angst einen tödlichen Schuss auf ihn abgegeben, woraufhin ihn seine Kameraden gescholten hätten, da er den Wachposten der feindlichen Aufklärung verraten habe.

Diese Geschichte tischte er in aller Dreistigkeit auch in meiner Gegenwart auf, obwohl er wusste, dass ich von dem Vorfall und seinen Begleitumständen genaueste Kenntnis besass. Ja, er schaute mich sogar, während er erzählte, ebenso an wie die anderen, die das zum erstenmal hörten.

Einmal sagte ich ihm, was ich davon hielt. „Hör mal“, erklärte ich ihm, „ich möchte nicht, dass du diesen Vorfall in meiner Gegenwart nochmals auf diese Art erzählst, mit dieser kindlichen Unschuld.“ Ich fragte ihn auch, warum er nie erzähle, dass er nicht nur erfreut, sondern gar glückselig gewesen sei, als der Chef des Postens sich von seinem Erscheinen angenehm überrascht zeigte. „Und wie er dir dann sagte, deine Präsenz unter ihnen sei ein Indiz für die Bedeutung der Partei und die Richtigkeit der Linie, die sie verfolgt: ein Universitätsprofessor, gerade mit einem Doktortitel in Politikwissenschaft aus Paris zurückgekehrt, nimmt eine Waffe in die Hand und schliesst sich den einfachen Leuten im Kampf an – *sie seien gar nicht einfach, hast du mit deiner gewohnten Bescheidenheit geantwortet; sie seien es, die die Geschichte machen* – und verbringt sogar die Nacht mit ihnen in den Gräben! Warum erzählst du ihnen nicht, wie froh, ja, überglücklich du damals warst? Erinnerst du dich nicht daran, dass du mir gesagt hast, wir würden gerade jetzt, *das heisst damals,* das erleben, was in den Büchern als „revolutionäre Stimmung“ beschrieben sei. Die revolutionären Kräfte nehmen Waffen in die Hand zur Verteidigung ihrer Zukunft im Namen der Emanzipation und der Veränderung.“

Haben wir uns nicht die Revolutionäre des ruhmreichen Oktobers zum Vorbild genommen? Stellten wir nicht Vergleiche zwischen ihnen und uns an? Lenin persönlich hat unser Verhalten immer überwacht, ich meine unsere Praxis. Er war unser unmittelbarer Bezugspunkt. Ihn haben wir in allem und jedem herangezogen. Wir übten als Vorhut der revolutionären Bewegung Druck auf die herrschende Klasse aus, ihre Macht an uns abzutreten. Wenn jemand opponierte und behauptete, unser Verhalten unterscheide sich in nichts von dem der Rechten, die gegen uns kämpften, denn gemordet und gestohlen würde auch auf seiten unserer Verbündeter, nur mit umgekehrten Vorzeichen, und Einrichtungen und Häuser der Christen würden in Regionen unter der Herrschaft der mit uns verbündeten Palästinenser ebenso geplündert und zerstört – so konterte man mit einem Ausspruch Lenins, wonach es in der Revolution unvermeidlich auch Glücksritter gebe, diese aber nicht den allgemeinen Gang verändern könnten. Und wenn gar behauptet wurde, die Bourgeoisie – *besonders wir Kommunisten weigerten uns, den Begriff „Christen" zu verwenden, da es sich dabei um keinen wissenschaftlichen Terminus handelt* – fürchte um nichts anderes als um ihre Besitztümer und ihr Geld und dass dergleichen Diebstähle, Zerstörungen und gegen sie gerichtete Terrorakte sie das Fürchten lehren und sie zwingen würden, uns das Terrain zu überlassen … Uns! Uns, den Kommunisten, der organisierten Vorhut der Arbeiterklasse, der Bauern, der revolutionären Intelligenz und der anständigen Leute, uns, die wir die Speerspitze sein mussten, welche die libanesische Bourgeoisie (die mehrheitlich aus Christen bestand) eliminieren und die palästinensische Revolution verteidigen würde, damit der Kampf gegen Israel weitergehen könne.

Du hast mir doch Jahre nach Beginn des Krieges anvertraut, dass du in jener Nacht gern gefragt, diskutiert und erfahren hättest, wie denn die Palästinenser, sie, die eigentliche Kraft, die kämpfende Hauptmacht, sie, die eindringen, besetzen, gewinnen und verlieren, während wir nichts sind als eine Hilfstruppe – wie sie, unter diesen Voraussetzungen, dazu kämen, uns die errungenen Siege als Geschenk zu offerieren, damit wir die Regierung übernähmen! Wie wohl? Erinnerst du dich nicht, dass du mir eines Tages erklärtest, der Slogan der Falange-Partei, „Kein Staat im Staat", ein Hinweis darauf, dass die Palästinenser inzwischen einen Staat innerhalb des libanesischen Staates bildeten, wäre richtig, wenn wir, nicht die anderen, den libanesischen Staat verkörperten? Erinnerst du dich nicht, wie du mir erzählt hast, dass du in jener Nacht nicht schlafen konntest, da man dir das Bett eines Kameraden zugeteilt hatte, der am Morgen zuvor gefallen war, im Erdgeschosszimmer eines Gebäudes, als dessen Wächter er fungierte. In seinem auf der Erde ausgebreiteten Bettzeug, das in Ordnung zu bringen er nicht mehr in der Lage war, hättest du nicht schlafen können, Schuhe hätten daneben gestanden, Schuhe, die ihm gehört hatten, Kleider und Sachen, die er nur Stunden zuvor noch benutzt hatte. Warum konntest du in jener Nacht nicht schlafen? Warum bist du zum Genossen Postenchef gegangen und hast ihm erzählt, du seist es gewohnt, aufzubleiben, und würdest normalerweise nicht vor Tagesanbruch schlafen gehen; deshalb sei es das Beste, du bliebest auf dem Wach- und Beobachtungsposten, ein Vorschlag, dem der Genosse zustimmte; er dankte dir für deinen Einsatz und erklärte dir sogar, deine Präsenz unter den Genossen habe viel zur Hebung der Moral beigetragen. Erinnerst du dich nicht an die Gedanken, die dir kamen, als du auf dem Bett des gefallenen Genossen lagst, seinen Schweiss rochst, seine Strümpfe, sein ganzes Zimmer? Als du ein paar schmutzige Teller und ein paar Teetassen auf dem kleinen Spülstein erblicktest? Da hattest du Angst, er könnte zurückkommen, und es war dir unmöglich einzuschlafen. Du hast geraucht und hättest gern ein Glas Whisky getrunken. Doch der Gedanke entsetzte dich, im Zimmer zwischen seinen Sachen nach einer Flasche zu suchen, aus der du dir ein Glas voll von dem einschenken könntest, das du so heiss begehrtest. Hast du dich in jenem Augenblick nicht gefragt, ob er vielleicht, nachdem er dich auf einer Versammlung hatte reden hören, auf einer dieser Versammlungen, zu der die Partei immer einlud, um die Volksmassen zu mobilisieren, seine Waffe genommen und sich am Kampf beteiligt hat.

Warum hast du trotzdem deine Vortragstätigkeit fortgesetzt und eifrig die Linie der Partei erläutert und ihre Praktiken verteidigt? Eine Brise bourgeoiser Ängstlichkeit, hast du mir erklärt und hinzugefügt, es sei für kleinbürgerliche Intellektuelle wie uns nicht einfach, sich so leicht und rasch vom bourgeoisen Klassenbewusstsein zu emanzipieren.

Dein Magen revoltierte beim Anblick von Blut. Dennoch hast du meine Worte geschätzt und hoch gepriesen, mich dazu beglückwünscht und mir gesagt, das sei genau die Art von Literatur, die wir bräuchten – revolutionäre Literatur, die mit künstlerischen Mitteln die Realität darstelle, die Wahrheit aufdecke, erhelle und bekannt mache. So sähe Literatur aus, die sich für die Interessen der Volksmassen und den Verlauf der Geschichte engagiere. Sie sei etwas, was die Moral der Genossen hebe und ihnen helfe, unerschütterlich dem Tod ins Auge zu blicken.

Unsere Pflicht als revolutionäre Intellektuelle sei es, sagtest du, die Moral der Genossen zu heben, die sich opfern. Das sei das mindeste, was wir tun könnten. Die Angst vor dem Tod sei nämlich imstande, aus uns Pazifisten (du hast das französische Wort gebraucht) zu machen. Und die Angst vor dem Tod wirke hemmend auf die Revolution, sagtest du.

Was dir am meisten an meinem Artikel gefallen hat, war der Abschnitt, wo es heisst: „Wir haben kein Monopol auf den Heldentod. Füllt sich doch der Fluss mit Wasser aus jeder Richtung. Worauf wir aber ein Monopol haben: festen Schrittes auf das Ende dieser Welt zuzugehen. Wir sind das Ende dieser Welt." An diesem Satz hat dir gefallen, wie ich mit höchster Genauigkeit und ebensolchem Scharfsinn, dazu noch mit ausserordentlicher Klarheit die Wirklichkeit in Worte gefasst habe.

Wir nämlich, die Partei der Arbeiterklasse, sind es, die über die wissenschaftliche Theorie verfügen, eine Theorie, die uns Führer und Leitstern bei unserem Umgang mit der Wirklichkeit ist. Wir mögen Fehler machen bei den Details, in der Taktik, niemals aber beim Wesentlichen, in der Strategie. Unsere Verbündeten dagegen haben diese wissenschaftliche Theorie nicht übernommen, lassen sich nicht von ihr leiten und sind deshalb ständig in Gefahr, auf Abwege zu geraten oder den Boden unter den Füssen zu verlieren. So trifft der Ausdruck „festen Schrittes auf das Ende der Welt zuzugehen" genau den Kern der Sache, und seine Bedeutung bezieht er ebenso aus dem präzisen Inhalt wie aus der sprachlichen Schönheit. Denn alles, was schön ist, dient der Revolution.

Auch der folgende Satz hat dir gut gefallen: „Von nun an wird das Alphabet nicht mehr mit Z enden! Von nun an werden unsere Helden Grundlage eines neuen Alphabets, und keine Rede wird ohne ihre Erwähnung vollständig sein." Dir hat das so gefallen, weil es einen der Hauptsätze der Wirklichkeit verdeutlicht, wonach die Revolution die gesellschaftliche Realität radikal verändert und uns über die Schwelle der Geschichte führt. Sie, die Revolution, ist die dynamische Entwicklung zum unablässig Besseren hin. Ausserdem zieht die Veränderung der Realität auch die Veränderung der Überbauphänomene nach sich, zu denen auch die Sprache gehört, selbst wenn sie ihrer Natur nach nicht in allem den anderen Überbauphänomenen entspricht.

Da nun unsere revolutionäre Theorie wissenschaftlich war, und da wir gelernt hatten, dass das Interesse der Arbeiterklasse und mit ihm die Interessen der Volksmassen objektiv mit der materialistischen, das heisst wissenschaftlichen Theorie und mit der Entwicklung der Wissenschaft in allen Bereichen im Einklang stehen, gewann die Aussage: „Keine Wissenschaft wird ohne ihre, das heisst unserer Helden, Erwähnung vollständig sein, jede Wissenschaft beginnt notwendig mit ihnen" ihre tiefere Dimension.

„Ich gratuliere dir, Raschîd, du hast das Zeug zu einem grossen Schriftsteller. Mach weiter so! Ich werde der Partei vorschlagen, dich ganz für das Schreiben freizustellen. Lies einmal pro Woche *Das Leben des Galileo Galilei* unseres Genossen Bertolt Brecht. Es heisst da: ‚Die besten Gedanken kommen mir, wenn ich eine gute Mahlzeit vor mir habe.' Von besonderem Zauber waren immer auch folgende Sätze: ‚Es setzt sich nur so viel Wahrheit durch, als wir durchsetzen; der Sieg der Vernunft kann nur der Sieg der Vernünftigen sein. Wir haben der Erde ihre Eigenschaft als Mittelpunkt genommen, jetzt müssen wir den Himmel von seinen Herren befreien. Die Kenntnis der Wahrheit seitens der Volksmassen löst die Verstrickung zwischen ihnen und dem

Elend auf; denn wenn die Menschen die Wahrheit kennen, wird es schwierig, sie zu kontrollieren. Wenn sich die Menschen der Wahrheit bewusst sind, sind sie nicht mehr in der Lage, diese Unterwerfung zu ertragen und dieses Elend und diese Abhängigkeit von einem Himmel, der nicht mehr existiert. Hunger heisst, dass du unfähig bist, etwas zu essen zu bekommen, nicht eine Erfahrung von Gott, mit der er die Geduld des Menschen prüfen will."

Beim nächsten Zitat liefen ihm dann die Augen über: „Unsere Helden haben die Grenze des Alphabets zerbrochen und sind zu einer endlosen Zahl geworden." Darauf hob er sein Glas – wir waren bei ihm auf ein Glas – und forderte die Genossen auf, gemeinsam mit ihm auf das folgende Zitat zu trinken: „Unsere Knospen sind eifersüchtig auf unsere Blüten."

Mit diesem Bild, Herr Kawabata, wollte ich zum Ausdruck bringen, dass wir, alle Kommunisten ohne Ausnahme, diejenigen unter unseren Genossen beneideten, die uns im Heldentod vorausgegangen waren, und dass wir wie auf Kohlen darauf warteten, an die Reihe zu kommen. Knospen, die darauf warten, als Helden aufzugehen. *Man erzählt, dass sich die muslimischen Kämpfer, die nach der iranischen Revolution in den Libanon gekommen sind, mit „Friede sei mit dir, Heldenbruder, Märtyrer!" grüssten – im Hinblick auf das, was kommen sollte. Wir sind ihnen vorausgegangen. Doch in diesem Bereich geht keiner dem anderen voraus. Es ist nur eine Frage des Vorrangs. Bei euch in Japan gibt es meines Wissens eine uralte Tradition des Opfers und des Heldentods.*

Herr Kawabata, das Schicksal des Menschengeschlechts hängt an einem seidenen Faden! Oder wissen Sie etwa nicht vom kollektiven Selbstmord ganzer Gruppen? Sie wissen darüber sicher mehr als ich. Aber was kann man der Hoff-

nungslosigkeit entgegen setzen? Wie kann man einem
Opfer Widerstand leisten, das sich in einen Henker verwandelt hat aus Furcht, Opfer zu bleiben?

Herr Kawabata, auf ein Glas waren wir bei ihm versammelt.
Aus seinen Augen brachen die Tränen hervor und liefen ihm
über die Wangen, als er diesen letzten Satz sagte: „Unsere
Knospen sind eifersüchtig auf unsere Blüten." Er wiederholte es, und da traten uns allen, die wir da beisammen sassen,
die Tränen in die Augen. Stürmische Gefühle durchfluteten
uns, vermischt mit einem Schleier aus Kummer und einem
brodelnden Wunsch, die Genossen zu rächen, die uns im
Heldentod, den wir auch Märtyrertum nannten, vorangegangen waren – manche gefoltert, manche entführt, manche
bis zur Unkenntlichkeit entstellt, manche ermordet, manche verschollen, manche verstümmelt als Lektion für die
anderen.
 Herr Kawabata, das ist einer meiner Alpträume: Was,
wenn sie zurückkämen? Dann habe ich wieder das Gefühl,
in meinem Mund wimmle es von Ameisen und meine Lippen seien zusammengenäht wie eine tiefe Wunde. Was sollte ich ihnen sagen? Und er, wovon wird er sie überzeugen?
Etwa von der Marginalität, zu deren Missionar er nach der
langen Etappe des Kampfes geworden ist? Oder von Demokratie und politischem Pluralismus und vom Recht auf Andersartigkeit? Oder gar davon, dass die eine Wahrheit eine
Illusion ist? Das ist es, wofür er nach der Etappe der Marginalität und der vom Kriegsschmutz und Kriegsschlamm
in Unschuld gewaschenen Hände eine Zeitlang die Trommel gerührt hat. Oder auch von seiner Art des Islam? Und
all das mit der Überzeugungskraft, die man an ihm kennt.
Er war immer zutiefst überzeugt von dem, wofür er predigte.

Als ich von ihm wissen wollte, ob seine Hinwendung zum Islam einer Überzeugung entspringe, antwortete er mir, die entscheidende Frage sei nicht der Glaube, sondern die Zugehörigkeit. Ja, ob es ihm denn nicht genüge, Araber zu sein, hakte ich nach, worauf er meinte: „Hör mal, weisst du, warum ich mich über meine Mutter gebeugt habe, als sie auf dem Totenbett lag? Ich drängte sie, mir das Glaubensbekenntnis nachzusprechen und vor ihrem Tod zum Islam überzutreten." – „Damit hast du deine aufrichtige Zugehörigkeit zum Islam bekräftigt", antwortete ich. „Nein", erwiderte er. „Kennst du nicht die Geschichte von Umm Hârith Ibn Abi Rabîa? Es ist eine Geschichte, die mich zutiefst geschmerzt hat."

Diese Geschichte spielte sich vor etwa tausenddreihundert islamischen Mondjahren ab, und sie findet sich in einem Buch, das tausendeinhundert Jahre alt ist!

Hârith Ibn Abi Rabîa, der Halbbruder des bekannten arabischen Gaselendichters Umar Ibn Abi Rabîa, war ein edler, grosszügiger, frommer Mann, eine einflussreiche Persönlichkeit im Stamm der Kuraisch (eben jenem arabischen Stamm, der den Propheten Muhammad hervorgebracht hat). Über ihn sagte einige Zeit später der berühmte Umajjadenkalif Abdalmalik Ibn Marwân: „Weiss Gott, nie hat eine Sklavin etwas Besseres geboren als seine Mutter." Als diese gestorben war – die Vornehmsten waren bei ihrer Beerdigung zugegen; man schrieb die Zeit des Kalifen Umar Ibn al-Chattâb, damals, als die muslimischen Araber die Grenzen der Erde erreichten –, vernahm ihr Sohn Hârith bei den Frauen, die die Totenwaschung vornahmen, einen Tumult und erkundigte sich nach dessen Ursache. Da wurde ihm mitgeteilt, sie sei als Christin gestorben; unter ihrer Kleidung hätten sie ein Kreuz gefunden, das sie um den

Hals getragen habe, etwas, wovon sie nie jemandem erzählt hatte.

„Diese Geschichte schmerzte mich", erklärte er mir. „Eine Frau, die sich genötigt fühlte, ihren christlichen Glauben zu verheimlichen, sogar vor ihrem eigenen Sohn Hârith, der Frucht ihres Leibes. Warum diese Isolation, warum diese Hoffnungslosigkeit? Warum diese Auflehnung gegen den allgemeinen Trend und gegen den Geist der Zeit? Wie viele Angstkomplexe sind daraus entstanden, wieviel Argwohn und Bereitschaft, im Bedarfsfall auch Hilfe von aussen zu suchen, um sich selbst, als Minderheit, zu verteidigen."

Aber die Geschichte habe einen erfreulichen Ausgang gehabt, sagte ich ihm. „Ihr Sohn Hârith trat zu den Leuten und sagte: ‚Geht, und Gott erbarme sich euer! In ihrer Religion gibt es Leute, die ihrer würdiger sind als wir und ihr.' Man fand das schön, und die Leute waren erstaunt über seine Reaktion. Sie war eine Schwarze."

Als mein Freund schwieg, fuhr ich fort, die Christen seien schon vor dem Islam Araber gewesen und sie seien Teil der arabisch-islamischen Kultur. Ich erwähnte auch ein paar herausragende Namen (die er gut kannte) aus der arabisch-islamischen Geschichte. „Lass das doch!" unterbrach er mich. „Was soll das jetzt, wie diese guten Leute zu reden, die alle Probleme mit wohlgesetzten Worten lösen? Ich lebe hier und heute, im muslimischen Teil der Stadt, und kann nicht in den anderen hinübergehen. Ich will es auch nicht, besonders nach dem, was geschehen ist. Ich will leben, ich will heiraten, ich will Kinder haben. Ich halte es nicht mehr aus, meine Zeit damit zu verbringen, wenn mir das Glück hold ist, mich über eine Frau herzumachen, die am Rand der Gesellschaft steht und über die schon alle Männer weggezogen sind. Bis jetzt habe ich es nicht geschafft zu heiraten, weil ich keine Frau akzeptieren kann, die vor mir schon einen Mann gekannt hat. Du kannst nicht von mir verlangen, dass ich mein Leben lang mit einer Frau schlafe, an deren Körper der Geruch von Männern haftet, die sie vor mir gehabt hat."

„Und du, Hassan, warum bist du noch nicht verheiratet?"

„Ich kenne viele, die aus demselben Grund nicht verheiratet sind."

„Hast du je das Meer gesehen?" fragte mich Sâdik.

Ich wusste, dass das Meer ungeheuer und gewaltig ist, auch dass sich die Ozeane unendlich weit dahinziehen, dass das Wasser ein Drittel der Erdoberfläche bedeckt und die Meere tiefer sind als die höchsten Berge. Ich wusste, dass ein Steinkrümelchen untergeht und ein ganzer Wald schwimmt. *Diese Rhetorik riecht mir nach Blut, Herr Kawabata.* Aber ich hatte noch nie mit eigenen Augen das Meer gesehen.

„Wenn die Erde, wie du behauptest, rund und von allen Seiten vom Himmel umgeben wäre, wie könnte dann das Wasser darauf bleiben? Würde es nicht von oben hinunter rutschen und sich dann in den unteren Himmel ergiessen?!" „Wie ist also die Erde?" fragte ich ihn. „Woher soll ich es wissen, woher du?" erwiderte er.

Wie also ist die Erde, Herr Kawabata?

Herr Kawabata, als ich schwer verwundet wurde, am Hals, an der Schulter, ja, am ganzen Körper, lag ich lange auf der Erde. Obwohl ich am Verbluten war, wagte doch niemand, sich mir zu nähern, weil die Stelle weiterhin unter Beschuss lag. In diesen Augenblicken schwebte ich zwischen Leben und Sterben, diesem Abschied vom Leben. Nach meiner Rückkehr vom Sterben öffnete ich die Augen, und mir schien, als öffnete ich sie nicht zum erstenmal in meinem

Leben, sondern zum erstenmal in der Geschichte. Ja, ich kehrte ins Leben zurück und öffnete die Augen wie zum erstenmal in der Geschichte, und mein Blick fiel klar und hell auf alle Dinge, als ob sie aus der Finsternis vor dem Beginn der Zeit herüberschienen.

Herr Kawabata, Sie wissen inzwischen genau, was der Tod ist, und sind deshalb von allen Menschen am ehesten fähig zu verstehen, was ich meine: Jedesmal wenn ich das Bewusstsein wiedergewann, öffnete ich die Augen wie zum erstenmal in der Geschichte. Vielleicht ist Ihnen noch nie dergleichen widerfahren, denn Sie haben, glaube ich, nur einmal im Leben die Lider geschlossen, und das war's dann. Doch in jenen Momenten ist mir nicht der Film des Lebens mit grosser Geschwindigkeit vor meinem inneren Auge abgelaufen, wie das behauptet wird. Dieser Film läuft bei anderen, noch schmerzlicheren Gelegenheiten ab. Wenn ich zum Bewusstsein zurückkehrte, sah ich wie zum erstenmal in der Geschichte. Ich sah, und damit basta. Das wiederholte sich mehrmals, bis der Schmerz zu brüllen begann, nicht der Tod.

Herr Kawabata, in jenem Augenblick war der Tod meine Hoffnung. Er hätte Schmerzlosigkeit bedeutet, absolute Ruhe. *Dieser letzte Ausdruck scheint mich nun doch fortzutragen.* Der Tod ist das Nichtsein. Verflucht nochmal!

Mein Herr, vielleicht hilft mir die Sprache nicht, vielleicht meistere ich sie auch nicht mehr wirklich. Aber mein Trost ist, dass Sie mich verstehen. Das ist ein ungeheurer Trost. Ich bin glücklich, Herr Kawabata, dass Sie erfassen, wie schwierig – vielleicht sogar unmöglich – es für einen Menschen ist, den Tod zu beschreiben, den er selbst gestorben ist, einen Tod, der nur wenige Augenblicke dauerte, der sich aber innerhalb von ein paar Minuten mehrfach wiederholt hat. Im Augenblick, da ich starb, habe ich keinen Schmerz empfunden. Ich habe weder etwas gesehen noch etwas gedacht, war um nichts besorgt und habe keine Angst gehabt. Und wenn ich ins Leben zurückkehrte, habe ich mich zutiefst nach diesem Augenblick gesehnt.

Mein Herr, ich möchte Ihnen etwas enthüllen, was ich bisher noch niemandem enthüllt habe: Meine Freunde, und besonders er, haben völlig vergessen, dass ich eines Tages schwer verwundet wurde. Ja, wenn ich heute einen von ihnen daran erinnere, scheint er überrascht. Wie kann ich ihnen bloss klarmachen, dass mein nach rechts gedrehter Hals kein Geburtsfehler ist, sondern das Resultat einer Bombe? Man sieht ihnen an, dass sie akustisch wahrnehmen, was ich sage, und den Sinn erfassen, aber in Wirklichkeit warten sie nur darauf, dass sich ihnen die Gelegenheit bietet – zum Beispiel, wenn ich Atem hole, um weiterzuerzählen –, mir das Wort zu entreissen, um von sich selbst zu erzählen. Wenn doch einer von ihnen einmal etwas erzählte, was das Zuhören lohnte! Immer ist es nur Geplänkel, sind es Trivialitäten und Dümmlichkeiten, nur Dinge, die einem die Lust zum Reden nehmen, ja, die einem alles nehmen, zum Beispiel auch das Vertrauen. Das Vertrauen in die Menschen, ja, in die gesamte Menschheit.

Keiner will mich von den schrecklichen Schmerzen erzählen lassen, die ich erlitten habe, Schmerzen, die schrecklicher waren als die Traurigkeiten des Sommers – *unmöglich, nicht von der Rhetorik mitgerissen zu werden.* Ich leide, ja, ich weiss, was Schmerz ist.

Der Schmerz, Herr Kawabata, macht einem den Tod leicht, ja, er macht ihn zu einer Notwendigkeit, zu einem Traum. *Wem sage ich das? Ihnen! Aber, mein Herr, wenn ich annähme, dass Sie schon wissen, was ich Ihnen erzähle, hörte ich*

sofort auf weiterzureden. Das kann ich aber unmöglich annehmen,
während ich mich Ihrer gegen meine Landsleute bediene. Ich bin
sicher, mit Ihren Schmerzen hätte ich Selbstmord begangen.

Ach, Herr Kawabata! Sie massen dem Tod keine Bedeutung bei. Wie weit ist der Schmerz mit Ihnen gegangen?
Wieviel Schmerz jedweder Art haben Sie erlitten? Ich bin
sicher, dass mein Schmerz bei weitem nicht an den Ihren
heranreicht, aber auch ich habe Schmerzen erlitten. Hören
Sie bitte: Alle sagen: „Ich besiege den Schlaf", und meinen
damit, dass sie unter grossen Anstrengungen die Augen
offen halten, um wach zu bleiben. Nur ich nicht. Ich bin
bereit für ihn, warte auf ihn, jeden Tag viele Stunden. Und
lange bevor er kommt, ziehe ich mich zurück, halte mich
bereit, öffne ihm meine Poren. Ich warte, dass er kommt. Er
kommt nach schrecklicher Mühsal, und manchmal lässt
meine Aufmerksamkeit nach, bevor er kommt. Er ist mein
König und mein Herr, ich sein Reich, seine Auserwählte,
seine schöne junge Braut. Wenn er in mich eindringt, dann
von allen Seiten, wie das Wasser, das in den Sand sickert. Als
Frau komme ich mir – ich, der ich so stolz darauf bin, ein
Mann zu sein – nur mit ihm vor; er nimmt mich, wie er mich
will, in jedem beliebigen Augenblick der langen Nacht, und
ich öffne mich ihm, bin weit für ihn. Ich lasse die Gerüche
des Tages an mir, wenn ich erwarte, dass er sich nach den
kräftigen Gerüchen sehnt. Auch die Haarschuppen bleiben,
ebenfalls das, was zwischen den Zähnen und zwischen den
Zehen ist, unter den Nägeln und in den Achselhöhlen.
Manchmal wasche ich mich, denn der Geschmack des Geliebten verändert sich. Nie hat eine Frau ihren Mann so
sehnlichst erwartet wie ich ihn. Nie hat ein junges Mädchen
so gewartet, nie eine Mutter, eine Schäferin oder ein Stück
Land. *In dieser Rhetorik rieche ich das Blut.*

Hören Sie! Einmal wollte ich die Geschichte eines Mannes schreiben, dem die Ärzte den Magen entfernten und ihn aus irgendeinem Grund noch ein paar Stunden lebendig am Tropf halten wollten, der dann aber allein mithilfe des Geruchssinns noch mehrere Wochen zu leben vermochte. Als er schliesslich starb, war alles mögliche daran schuld, nur nicht der Magen. Ich sage alles mögliche, Herr Kawabata, denn wieviel Schmerz jedweder Art haben Sie gelitten?

„Ob sich die Erde dreht oder nicht dreht, mein Junge", sagte meine Mutter, „was kümmert dich das. Du musst auf jeden Fall tüchtig lernen, um ein Diplom zu bekommen, damit du eine staatliche Anstellung erhältst. Was nützt es dir, ob Sâdik überzeugt ist oder nicht?"

„Ganz im Gegenteil, Mama", erwiderte ich, „es liegt mir viel daran, ob die Leute die Tatsachen erfahren, die die Wissenschaft entdeckt, und dass sie daraus Konsequenzen ziehen. Das ist lebenswichtig, und anders kann sich unsere gestrauchelte Gesellschaft niemals erheben. *Wenn man sich bei uns erhebt, so ist das häufig nach einem Straucheln.*"

Meine Mutter schweigt, wenn ich so mit ihr rede. Sie wartet, bis ich alles gesagt habe, was ich sagen will, nur um dann zu wiederholen, ich müsse ein Diplom erwerben, damit Gott mir eine staatliche Anstellung gewährt, die mich vor der Not, der Plackerei auf dem Acker und der Sorge wegen der Launen des Landlebens schützt.

Als mein Nachbar starb, fuhr ich nachhause, um seinem Begräbnis beizuwohnen und seinen Tod zu beklagen, und murmelte immer wieder den Satz, den ich in einem alten arabischen Buch gelesen hatte: Willst du wirklich an deinem treuen Glauben an die Wissenschaft festhalten?

Was aber ist das Sein, Herr Kawabata? Nichts! Ich versichere Ihnen, dass es nichts ist. Das habe ich durch meinen Tod erfahren, als ich während einiger Minuten für Augenblicke starb. Nachdem ich wieder auferweckt war, öffnete ich die Augen, und sah zum erstenmal in der Geschichte. Nur zwei Personen gibt es, die begreifen, was ich sage: Sie, weil Sie schon gestorben sind, und ich, weil ich mehrfach gestorben bin. Meine Freunde haben sogar vergessen, dass ich verwundet wurde, wie könnten sie mir da glauben, dass ich den Tod erlebt habe. Ich erinnere mich daran, als ob es jetzt wäre: Ich öffne die Augen und sehe, sonst nichts. Weder schön noch hässlich, weder nah noch fern. Nur zum erstenmal. Ohne Überraschung. Ohne das Gefühl des Staunens. Plötzlich verstand ich die Kamera, denn für einen Augenblick war ich eine. Sie sieht, sonst nichts, und das immer zum erstenmal.

Ich gelangte zu der Einsicht, dass der Mensch etwas Leidfremdes ist. Bevor ich verwundet wurde, meinte ich, die ganze Welt werde in Aufruhr geraten, wenn mir etwas zustösst. *Vielleicht ja, weil ich mitunter, wenn jemand verwundet zu Boden fiel, ein Riesengetümmel erlebte, Sirenen und Ambulanzen, und Schüsse, die hoch in die Luft oder knapp über die Köpfe der Leute abgefeuert wurden, um den Weg freizumachen.* Ich empfand Leid, *fast hätte ich gesagt: tiefes Leid,* wenn ich in der Zeitung von einer unidentifizierten Leiche las, die man irgendwo gefunden habe. All das waren Hirngespinste.

Herr Kawabata, ich meinte, unser Planet geriete ins Schlingern, wenn ich verwundet würde oder wenn ich stürbe! Ich muss völlig davon überzeugt gewesen sein, dass das Universum mich, meine Existenz zur Bewahrung seines Gleichgewichts nötig habe und dass deshalb als das mindeste Ergebnis meiner Verwundung der Krieg im Libanon innehalten würde.

Die Kämpfe dauerten fort, während ich auf der Erde lag, unfähig, mich zu erheben. Der Schmerz frass an mir, das Blut floss. *Ich glaube, die Japaner lieben diesen Ausdruck „Das Blut fliesst" ebenso wie wir Araber, besonders wenn das Blut um einer Sache willen fliesst.* Und während ich da auf der Erde lag, drangen Stimmen an mein Ohr, von sicheren Orten. Stimmen, die mich nach meinem Namen fragten, als ob es sich heilend auf mich auswirken würde, wenn sie meinen Namen erführen. Es war, wie wenn man bei einem Stromausfall im Aufzug steckt und schreit und dann jemand von aussen zurückschreit: Wer ist da? Als ob es der Name wäre, der einen rettet. Jawohl. Bei uns Arabern – und ich glaube nicht, dass das allein unser Privileg ist – rettet dich dein Name oder er führt dich ins Verderben.

Hören Sie! Die Muslime beschneiden ihre Söhne. Für sie ist das eine religiöse Pflicht. Die Christen sind dazu nicht gezwungen, weshalb sie es im allgemeinen nicht und wenn, dann höchstens aus medizinischen Gründen tun. Ich nun, als Christ, bin nicht beschnitten, und niemand hat mich je dazu aufgefordert, es zu werden.

Diese Erklärung ist nur eine Vorbemerkung zu folgendem Vorfall. Einmal flohen wir aus Beirut in einem Taxi. Fünf Fahrgäste und der Fahrer. Keiner kannte den anderen. Das einzige, was uns verband, war die endlose Fahrt im selben Auto, endlos nicht, weil die Strasse so lang war, sondern weil die möglichen Gefahren so zahlreich waren. Irgendwann unterwegs hielt der Fahrer, um ein wenig auszuruhen, und jeder ging, sein Bedürfnis zu verrichten. Es war auf dem freien Feld, weit und breit weder ein Baum noch ein Felsen. In Situationen dieser Art verlangt die Scham immer eine gewisse Distanz. Doch diesmal war die Furcht, wir könnten aneinander Wesentliches entdecken, noch stärker als die

Scham, und so gingen wir weit auseinander. Sehr weit. Jeder wusste, warum er weit weg ging, auch, warum die anderen es taten.

Ich erinnere mich an das Gesicht von keinem, der im Auto sass. Nicht, weil mein Gedächtnis mich im Stich liesse – Sie wissen ja inzwischen, dass ich ein ungeheures Gedächtnis habe –, sondern weil ich keinem ins Gesicht schaute, und keiner schaute mir ins Gesicht. Kein einziger Blick traf den eines anderen. Kein einziger. Ich hörte auch von keinem die Stimme, und keiner hörte meine Stimme. Es war kalt, die Fenster des Autos waren hochgedreht, und jeder versteckte seinen Körper so weit wie möglich in seinen Winterkleidern.

Herr Kawabata, bei uns gehören Ort und Namen zusammen – hier liegt für die Herren Professoren die Ursache des Krieges. Bei uns wird Krieg geführt, damit die Namen am selben Ort zusammenbleiben. Bei uns gibt dein Name Auskunft über dich, deinen Vater, deinen Urgrossvater und deinen Wohnort. Und wenn dein eigener Name nichts hergibt, dann eben der deines Vaters oder der Ort, an dem er begraben liegt. *Ich hoffe, dass das für Sie nicht erklärungsbedürftig ist. Bei Ihnen und anderswo ist es ja wohl ebenso.* Jean, Jacques, Jean-Jacques. Jean, Charles, Jean-Charles.

Unfähig zu sein, in einer solchen Situation deinen Namen zu nennen, kann deine Rettung bedeuten, denn wenn jemand deinen Namen zu erfahren sucht, bringt er dich ins Krankenhaus in der Annahme, du könntest auf seine Seite gehören; vielleicht tut er es ja auch einfach so – für Gottes Angesicht, wie wir Araber das ausdrücken. Dies, Herr Kawabata, ist übrigens eine Art, die Sache zu beschreiben, die ich persönlich sehr mag, wobei ich nicht weiss, ob es damit zu tun hat, dass ich selbst Araber bin. Doch wie dem auch sei, eine umsonst erbrachte Dienstleistung fasziniert mich, eine Dienstleistung, die niemand versteht, nicht einmal der, dem sie zugedacht ist. Ich behaupte natürlich nicht, dass mich das unablässig beschäftigt, aber es ist für mich tatsächlich ein dauernder Traum, einer von diesen zahlreichen Träumen, zu denen unbewusst Zuflucht zu nehmen ich mich ertappe.

Es kann zum Beispiel vorkommen, dass ich einen ganzen Tag lang nichts esse und nur von Wasser lebe, wenn ich das Bild eines verhungernden Menschen in irgendeinem Land unseres Planeten sehe. Und in der Nacht, als Israel vierhundert Palästinenser aus ihrem Land geworfen und irgendwo im Libanon im Freien ausgesetzt hatte, machte ich, es war sehr kalt, das Fenster meines Schlafzimmers auf und liess mich in Kleidern aufs Bett fallen, ohne mich zuzudecken. So hoffte ich, auf meine Art an der Qual der verbannten Palästinenser teilzuhaben.

Vielleicht wissen Sie ja nicht, wovon ich rede, Herr Kawabata. Viele Dinge sind seit Ihrem Hinschied geschehen, aber Sie haben zweifellos noch mitbekommen, dass im Lande Palästina ein Staat namens Israel geschaffen wurde, was zur Vertreibung einer grossen Zahl der ursprünglichen arabischen Bewohner und zu viel Blutvergiessen geführt hat. Ich rufe Ihnen das weder aus Nostalgie noch aus Groll in Erinnerung, denn ich glaube, dass wir die Welt heute anders angehen müssten, was aber unmöglich ist. Ich rufe Ihnen das vielmehr in Erinnerung, um Ihnen zu sagen, dass ich doppelten Schmerz empfinde, wenn das Opfer sich zum Henker wandelt. Wieso wird das Opfer eigentlich immer zum Henker, Herr Kawabata?

Manchmal meine ich, es sei mein Glück, als Araber geboren zu sein. Vielleicht erkennen Sie keinen Sinn in dieser Feststellung. Aber Ihr Argwohn wird sicher nicht so weit gehen, sie als chauvinistisch anzusehen. Ich bin absolut unchauvinistisch. Dafür kann ich meine Hand ins Feuer legen. Aber ich liebe ganz einfach die Tatsache, als Araber geboren zu sein, ausserdem liebe ich das Licht meines Landes und hasse die Kälte. In Agatha Christies Roman *Tod auf dem Nil* behauptet eine Dame, zwei Dinge seien ihr zutiefst verhasst, die Hitze und das Böse. Was mich angeht, so ist es ganz klar die Kälte, die ich hasse. Die Hitze ist mir tausendmal lieber. Das gereicht weder mir noch jener Dame zum Nachteil und ist weder für sie noch für mich ehrenrührig. Darauf haben wir uns ja schon geeinigt, müssen also nicht nochmals darauf zurückkommen.

By the way, mit dem Verbrechen, das auf jenem Touristendampfer auf dem Nil geschah, hatten die Ägypter, *die ja Araber sind wie die Libanesen,* nichts, aber auch nicht das geringste zu tun. Sie waren Zeugen, sonst nichts. Was ich Ihnen übrigens nicht erzähle, um den Eindruck zu erwekken, auch ich träumte davon, Andalusien zurückzugewinnen, wie das so manche meiner Landsleute tun, zumal Poeten, Literaten und Intellektuelle. Und egal, was Sie von mir denken, ich werde nicht ablassen, über diese Träume zu spotten. Ich sagte Ihnen ja schon, dass ich doppelten Schmerz empfinde, wenn das Opfer sich zum Henker wandelt; aber ich bin sicher – *sicher?* –, dass wir, die Menschheit, nicht verloren sind, wenn wir die Dinge anders angehen, was aber unmöglich ist. Ich nämlich, der Maronit, der Ziegenmilch liebt, liebe sie einfach so, nicht jemandem zum Trotz. Es heisst nichts anderes, als dass ich, wenn ich meinem Wesen folgen könnte – *meinem Wesen folgen!* –, aus allen Milcharten Ziegenmilch auswählen würde.

Wissen Sie, wie mir die Idee gekommen ist, über den

Mann zu schreiben, der trotz der Entfernung seines Magens nicht starb? Die Idee kam mir genau an dem Tag, als mir klar wurde, dass der Mensch nur dann nicht verloren ist, wenn er ohne zu essen zu überleben vermag. Oder meinen Sie nicht auch, wie ich, dass die Nahrungsaufnahme eine masslos gewalttätige Aktivität ist? Wir kauen mit den Zähnen, um uns alles mögliche einzuverleiben. Mit unseren Zähnen verleiben wir uns etwas ein, das uns fremd ist! Glauben Sie nicht auch, dass das in vielen Religionen und in einigen philosophischen Lehren empfohlene Fasten nichts anderes ist als der menschliche Ausdruck der Ablehnung dieses „Tiers", das da in uns steckt, und eines tiefen Wunsches, uns von dieser atavistischen Gewalt zu lösen? Empfehlen deshalb etwa gewisse weise Ärzte eine moderate Menge Wein, da der Wein höchst ätherisch ist? *Im Islam ist der Wein das Getränk der Menschen im Paradies, im Christentum dasjenige der Eucharistie, als Symbol des Blutes Christi oder gar als das Blut Christi.* Sich des Essens zu enthalten oder sich dabei Beschränkungen aufzuerlegen, ist ein schöner Zug bei uns Arabern.

Dschâhis, der berühmte arabische Schriftsteller, *der in der zweiten Hälfte des neunten Jahrhunderts starb,* äusserte sich in dem ihm zugeschriebenen *Buch der Krone* darüber folgendermassen: „Der König kann von seinem Gast erwarten, dass er nicht die Grenzen des Anstands überschreitet und sich nicht von seiner Natur hinreissen lässt, indem er zum Beispiel übermässige Gier oder Unersättlichkeit zeigt." Auch Könige, Herr Kawabata, fürchten sich also vor diesem „Tier", das sich anderes einverleibt, mit allen seinen Konsequenzen Und erst die Volksmassen, Herr Kawabata? Die zornigen Volksmassen? Der Lärm der Volksmassen? Wenn Sie den Lärm der Volksmassen von irgendeinem Ort hörten, Sie würden meinen, die Wogen aller Ozeane tosten gemeinsam. Es ist ein Lärm aus den Tiefen und den Höhlen der Ewigkeit.

Doch die Ziegenmilch hat nach meiner Überzeugung einen reinen Geschmack! *Wenn die Ziegen nicht giftiges Gras geweidet haben und ihre Milch zur Quelle eines schlimmen Fiebers wird.* Haben Sie je diese Milch gekostet – gekocht und eingedickt, mit ein wenig Minze aus dem sonnenbeschienenen Garten vor der Tür, der mit dem Wasser von der nahen Quelle gegossen wird, einem trotz Sommerhitze kühlen Quellwasser? Wenn ich Ziegenmilch trinke, habe ich schon immer das Gefühl gehabt, meinen Frieden mit dem Leben gemacht zu haben. Es gibt mir ein tiefes Glücksgefühl. Trotzdem liebe ich das Meer und bin von seinem Geheimnis bezaubert, und trotzdem liebe ich auch die Wüste und bin von ihrem Geheimnis bezaubert. Ausserdem liebe ich die Bäume allesamt und jede Art von Pflanzen.

Herr Kawabata, bis jetzt habe ich, wenn ich über den Vorfall rede, der mir widerfahren ist, nie über mehr als die ersten paar Augenblicke berichtet, jene Augenblicke, die nur ein paar Minuten dauerten, worauf alles wieder zu seiner Normalität zurückkehrte. *Zur Normalität zurückkehren! Es ist, als ob jemand diesen Ausdruck für meinen Fall formuliert hätte – in der Luft liegt der Geruch von Blut.*

Im Krankenhaus beweinten mich einige Frauen. Ich sah sie nicht. Ich hörte nur ihre klagenden Stimmen und glaubte, ich sei zuhause bei meiner Familie, läge auf dem Bett mitten im Wohnzimmer, umgeben von meiner Mutter, meinen Geschwistern, Verwandten und Nachbarn. Ich war glücklich. Tote leiden nicht. Später stellte ich fest, dass das Weinen der Frauen nicht mir galt, sondern anderen Passanten, die bei dem Einschlag getötet worden waren. Man hatte uns in einem einzigen Auto transportiert und dann in denselben Raum gelegt. Worauf, daran erinnere ich mich nicht. Im Auto legten sie einen anderen so auf mich, dass ich kaum mehr Luft bekam. Ich glaubte, er hindere mich absichtlich am Atmen, damit ich sterben sollte, glaubte, er wolle mich töten. Ich hätte ihn so gerne fortgeschoben! Sein Kopf lag auf meiner Schulter, sein Mund war auf die blutende Wunde an meinem Hals gerichtet, als ob er mich küssen oder mit seinen Lippen und seiner Zunge mein Blut stoppen wollte. Es war ein Leichnam, ein richtiger Leichnam.

Später stellte ich fest, dass die Frauen nicht aus meiner Familie stammten, also auch nicht mich beweinten. Sie schauten mich an, mit tödlicher Missgunst, mit tödlichem Neid. Ich war davongekommen, während es ihren Sohn erwischt hatte. Für mich gab es keinerlei Hinweis, dass ich ein für das Gleichgewicht unseres Planeten notwendiger Zeitgenosse war. Sie, diese Frauen, hätten mich gern an die Stelle ihres Sohnes gelegt, in einen der Särge, die bereitstanden, entsprechend der Anzahl der Leichen, wie ich jedenfalls glaubte und wie mir die Logik zu glauben gebot. *Können Sie sich vorstellen, Herr Kawabata, was alles geschähe, wenn ein Mensch statt eines anderen sterben könnte?* Offenbar war ihnen ihr Sohn unbeschreiblich lieb und teuer.

Dann wurde mir klar, dass die Anzahl der bereitgestellten Särge die Zahl der Toten um mich herum um einen übertraf. Ich konnte mir das nicht erklären! War ihnen etwa der Fehler unterlaufen, mich als tot zu betrachten, und deshalb auch für mich einen Sarg bereitzustellen? Oder hatten sich die Angehörigen des teuren Toten eine List ausgedacht, mich hineinzulegen?

Ich war allein mit den Toten in diesem finsteren Raum, in dem ständig Leute ein und aus gingen und sich beim Schein

einer kleinen Taschenlampe unsere Gesichter betrachteten.
Ich verlor mehrfach das Bewusstsein und kam mehrfach
wieder zu mir. Einmal, ich weiss nicht wieviel Zeit seit
meiner Ankunft in dem Zimmer vergangen war, kam ich auf
die Idee, einen dieser Besucher zu fragen, ob meine Verletzung lebensgefährlich sei, ob ich sterben würde. Doch ich
vernahm keine Antwort. Nur einmal hörte ich eine Stimme, ich glaube, es war diejenige einer Frau, sagen: „Der Teu-
re ist verschieden, jetzt können die anderen von mir aus auch
sterben." Danach blieb der Raum für einige Zeit leer bis auf
mich und einen Sarg, den man vor mich neben die Tür gestellt hatte. Dann kamen Leute, deren Gesichtszüge ich in
der Dunkelheit nicht ausmachen konnte und von denen ich
auch keine Stimmen vernahm. Sie hoben mich in einer Art
hoch, als ob sie sich auch in den kleinsten Details abgespro-
chen hätten, und trugen mich zum Sarg. Würden sie mich
etwa hineinlegen?

Wegen meiner wiederholten Bewusstlosigkeit erinnere
ich mich nicht mehr, ob ich ihnen sagte, ich sei noch am
Leben und es sei ungehörig, mich in den Sarg zu legen und
diesen über mir zu schliessen und mich zu begraben, solange
ich noch nicht tot sei. Ich begann, mit Händen und Füssen
an den Sargdeckel zu schlagen. Es regnete, und das Wasser
des Himmels schien mir in dieser völligen Dunkelheit als
trübe Brühe, vermischt mit der Erde, die mein Grab bedeck-
te. Dann näherte sich ein Geschrei. Zwei Hände pochten
kräftig an die Grabtür, und ich erkannte die Stimme meiner
Mutter und die Stimmen meiner Schwestern. Sie riefen, ich
solle aufwachen. Plötzlich war da auch die Stimme des
Mädchens, in das ich als Junge heimlich verliebt gewesen
war, der ich aber nie meine Liebe zu gestehen gewagt hatte.
Auch sie drängte mich aufzustehen und sagte, sie habe von

meiner Liebe gewusst und immer von dem Augenblick geträumt, da ich ihr diese Liebe gestehen würde, die noch tief verborgen sei. Ihre Ehe sei ein Kuriosum, erzählte sie mir, ihre Kinder ein Witz und sie sei noch immer wie früher. Sie werde ihre Eltern bitten, am frühen Abend spazieren gehen zu dürfen; natürlich müsse sie ihnen versprechen, es würde ganz sicher nicht spät werden. Auch mein Vater, mein Vater, dessen Stimme ich nicht hörte, stand hinter den Frauen und weinte aus tiefster Seele, aus tiefstem Herzen. Er weinte so tieftraurig, dass er am ganzen Körper bebte. Er legte sich die Hand auf den Mund, damit ich sein Schluchzen nicht hören sollte, und beugte sich vornüber, von erbarmungslosem Schmerz geschüttelt, der ihn im Innersten getroffen hatte. Mein Vater brannte darauf zu erfahren, was mir widerfahren sei, und wie.

Die Hoffnungslosigkeit ist ein erbarmungsloses Gefühl, Herr Kawabata. Und in Hoffnungslosigkeit zu sterben ist deshalb schwieriger als einfach so zu sterben.

Sie wissen, dass bei uns Arabern niemand stirbt, ohne dass ihn Anverwandte betrauern. Auch ich habe, als Araber, eine Familie, die sich bei Bedarf zu einem veritablen Stamm vermehren lässt. Und mein Vater kann sich nicht vorstellen, dass ich, unter welchen Umständen auch immer, den Mut haben sollte, meinen Namen nicht zu nennen.

Habe ich ihnen etwa meinen Namen genannt, Herr Kawabata, oder haben sie ihn irgendwie in Erfahrung gebracht, ihn beispielsweise gelesen, nachdem ihnen meine Kennkarte in die Hand gefallen war? *Oh Name, der du das Wesen blossstellst!* Oder haben sie mich irgendwie dazu gebracht, während ich nicht aufpasste, haben mich überlistet, meine Gedanken gelesen und erfahren, wie ich zu ihnen stehe? Ein Feind, ein Verräter!

170

Dann vernahm ich zu meiner Überraschung seine Stimme, seine, ja genau seine. Sie kam von weither. Doch wozu war er gekommen und hatte sich unter Anverwandte gemischt, die das Grab ihres Sohnes besuchten? *Nachdem ich ihn auf dem Trottoir der Hamra-Strasse überholt hatte, konnte ich mich nicht beherrschen; ich musste mich umsehen. Und da erblickte ich den Aufschlag an einem seiner Hosenbeine. Er war ausgefranst, hing über den Absatz hinunter und streifte auf dem schmutzigen Trottoir.* Seine Stimme kam näher, wurde immer deutlicher hörbar. Schliesslich sagte er, an mich gewandt: „Du hast es geschafft, bist verwundet, aber davongekommen. Jetzt kannst du dich deiner reichen Lebenserfahrung rühmen." Danach war es wieder die Stimme meiner Mutter, die noch immer kräftig an der Grabtür pochte: „Wie soll deine Mutter dich nur trösten?" Ihre Augen sehen schon bei Licht die Dinge nicht gut. Wie dann erst in tiefer Finsternis. Sie haben keinen festen Punkt mehr, nach dem sie sich richten können. Es ist, als tasteten sie durch den leeren Raum. Mit beiden Händen stützt sich deine Mutter, um vom Stuhl aufzustehen. Sie stützt sie auf die Knie, um diesen etwas vom Gewicht des Körpers abzunehmen. Die Tage gehen in eine schreckliche Richtung dahin, der Körper ist müde, die Krankheit bringt ihn dem Tod näher. Der Schmerz, den du einst spürtest und der wieder ging, an ihm leidest du auch heute, doch er geht nicht mehr. *Das ist es, was auch du immer gesagt hast, Sâdik!*

Als ich hineinging, um einen letzten Blick auf Sâdik zu werfen, bevor man ihn hinaustrug, war ich verstört. Mir graute, ihm so gegenüberzutreten. Lange Zeit hatte ich ihn nicht gesehen, und es war das erste Mal seit dem Tod meines Vaters, dass ich ihn ganz klar anschaute.

Insgeheim, Herr Kawabata, wäre ich damit einverstanden

gewesen, anstelle ihres teuren Verwandten zu sterben. Aber
das ist unmöglich. Und schliesslich bin ich es nicht, der die
Gesetze gemacht hat. Ich bin es nicht, der das Wasser in den
Flussbetten fliessen oder über die Ufer treten lässt. Das, was
wir Araber in unserer Sprache die „Lebensnorm" nennen,
habe ich nicht eingeführt.

Leben Sie wohl!

PS. Ich hoffe, Ihre Zeit erlaubt Ihnen, mir zu antworten.

Nachwort

Trauerarbeit zu leisten ist nicht leicht. Trauerarbeit im Sinne der Aufarbeitung eines Krieges, des (nicht nur) libanesischen Bürgerkrieges, der über fünfzehn Jahre hinweg wechselnde Gruppierungen der Bevölkerung aufeinander schiessen liess.

Trauerarbeit einerseits als Versuch einer Gesellschaft, das Geschehene einzugestehen und zu begreifen, andrerseits als Versuch einzelner, mit dem Geschehenen auch auf ganz individueller Ebene fertigzuwerden, mit den Verwundungen, den körperlichen und den seelischen.

Dass es zu wenig oder keiner Trauerarbeit im politisch-gesellschaftlichen Bereich im Libanon kommt, beklagen schon seit dem Ende des Krieges dort gewisse Intellektuelle und machen es besonders am Beispiel Beiruts deutlich, wo, um einem stürmisch-dynamischen Neuanfang den Weg zu bereiten, das alte und weithin zerschossene Zentrum zu einer Art Loch in der Erinnerung gemacht, das heisst fast vollständig ausgeräumt wurde. Dieses nun wieder zu füllen ist Aufgabe einer grossen, extra zu diesem Zweck gegründeten modernen Baugesellschaft namens Solidere.

Doch es findet trotz allem Trauerarbeit statt, zumal im Bereich der Literatur. Schreiben als Zuflucht (nicht als Flucht), als Mittel, sich selbst das schwer Verständliche verständlich zu machen, das ist uralte Begründung für literarisches Tun.

Einige Schreibende aus dem Libanon, die sich mit dem Krieg beschäftigen, vor allem Frauen, sind längst in deutscher Übersetzung greifbar: Hanan al-Scheich, Emily Nasrallah, Etel Adnan, Venus Khoury-Ghata, Dominique Eddé. Andere, zum Beispiel Iljas Chûri (Elias Khoury) oder Hassan Daûd, harren noch der Einführung auf dem deutschen Buchmarkt; ebenso Raschid al-Daïf, der seit Anfang der achtziger Jahre über ein halbes Dutzend Romane und ein paar Gedicht- und Aphorismensammlungen veröffentlicht hat, mit dem Schreiben also erst während des Krieges begann.

Raschid al-Daïf (Rašîd ad-Da'îf), 1945 in Zgharta, einer Kleinstadt im Nordlibanon, geboren und aufgewachsen, ist seit Jahren Dozent für arabische Literatur an der Libanesischen Universität in Beirut. Mit anderen zusammen hat er den Faden der libanesischen Literatur dort aufgenommen, wohin ihn, in eher klassisch-realistischem und teils gar dokumentarischem Stil, ein Autor wie Taufîk Jûssuf Awwâd geführt hat. Dieser, der 1989 bald achtzigjährig bei einem Granateinschlag den Tod fand, hat in seinem Roman *Die Mühlen von Beirut* (1972, deutsch 1984 unter dem Titel *Tamima*) episch breit und von einer auktorialen Erzählposition aus libanesische Entwicklung Ende der sechziger Jahre dargestellt und hat, wie manche es gern interpretieren, den Ausbruch des Krieges „prophezeit".

Raschid al-Daïf schreibt anders und beschreibt anderes. Das stark wachsende Gefühl der Absurdität der Vorgänge, so sagt er, liess ihn nach und nach das Interesse verlieren, die Wirklichkeit zu verstehen und dann zu interpretieren. Und das zunehmende Gefühl von der Bedeutungslosigkeit des Einzelnen, so schrieb er, der akademische Lehrer und Schriftsteller, habe sich nicht wissenschaftlich erfassen, sondern nur literarisch darstellen lassen. Erst nach der „Beruhigung" sei wieder der Wunsch zurückgekehrt, die Wirklichkeit zu analysieren und diese Analyse mit der Literatur zu verbinden.

Als Resultat dieser persönlichen Entwicklung ist sicher der vorliegende, 1995 erschienene Roman (ist es eine Autobiografie?) zu sehen, der zweierlei verbindet: den Bericht, die „Beichte", über ein Leben, bzw. einen Teil davon, und die Geschichte eines Landes, des Libanon, in dem dieses Leben gelebt wurde.

Lieber Herr Kawabata ist ein Buch über sehr viele Dinge, die nicht sauber voneinander zu trennen sind, sondern ineinander fliessen, miteinander verschmelzen. Da ist die scheinbare Idylle einer intakten Welt, deren Brüchigkeit rasch sichtbar wird. Da ist die Veränderung der Weltsicht bei der Bevölkerung eines nordlibanesischen Dorfes – ist die Erde nun eine Scheibe, wie es die Tradition will, oder eine Kugel, wie es die neuen Sputnik-Zeitungsbilder vermuten lassen? Da ist die Weitung des Blickwinkels bei der jüngeren Generation und ihre Orientierung in Richtung Beirut und den Libanon im allgemeinen. Da ist das Aufwachsen in einer Zeit, die sowohl grosse Hoffnungen als auch wachsende politische Spannungen kennt.

Da ist, im Innern des Erzählers, dieser Kampf zwischen der Vorstellung oder gar dem Traum von einer sauber analysierbaren und klassifizierbaren Welt und Gesellschaft und der sicht- und spürbaren Wirklichkeit eines ziemlich schmutzigen (wenn es denn einen sauberen gibt) Bürgerkriegs, der am Ende zum Tod oder doch zur Todesvision des Erzählers führt. Da sind auch Erinnerungen, süsse und bittere, zärtliche und brutale, an einen Libanon, wie er war oder wie er doch hätte sein können. Und all das wird Herrn Kawabata (1899–1972) vorgetragen, dem japanischen Literaturnobelpreisträger von 1968, also einem längst verstorbenen und einer ganz anderen Kultur angehörenden Schriftstellerkollegen.

Inhaltlich trifft sich die Darstellung all dieser Tendenzen, soweit sie den gesellschaftlich-politischen Raum betreffen, mit anderen Autobiografien, die dieselbe Epoche beschreiben. Vieles ist von verschiedenen Autoren wahrgenommen worden, auch wenn sich ihre Darstellungsweisen deutlich voneinander unterscheiden. So schreibt beispielsweise Chaled Sijade (*Freitag Sonntag. Eine Kindheit im Libanon*) vom Blickpunkt des Politologen und Soziologen aus, wenn er die Erweiterung seiner Heimatstadt Tripoli (Zgharta liegt direkt daneben) darstellt, die Veränderungen des sozialen Lebens, die Anbindung an Beirut. Diese Darstellung, die in den sechziger Jahren endet, bleibt so auch viel weniger persönlich als diejenige in *Lieber Herr Kawabata*.

Im Stil von Raschid al-Daïfs Werk hingegen ist noch immer das vorhanden, was der Pariser Literaturwissenschaftler J.E. Bencheikh schon 1979 anlässlich der Übersetzung einer Gedichtsammlung Raschid al-Daïfs bemerkte: eine interessante Weiterentwicklung der Sprache arabischer Poesie; eine Mischung aus Zärtlichkeit, Alltagssprache, Naivität und gar Clownerie. Und dann ist da eine ungeheure Intensität, ein Drängen, das schon zum Vergleich mit Philip Roths *Portnoys Beschwerden* Anlass gegeben hat. Es ist eine Art „Beichtsprache", die doch nichts von Bekenntnis- oder Betroffenheitsliteratur hat. Das gilt auch für die Werke, die Raschid al-Daïf zwischen dem Poesieband Ende der siebziger und dem autobiografischen Roman *Lieber Herr Kawabata* Mitte der neunziger Jahre veröffentlicht hat. Immer ist es, wie es ein Kritiker einmal ausdrückte, diese Heimsuchung durch Zweifel, Schmerz und Furcht, die Autoren wie Raschid al-Daïf (und andere aus seiner Generation) um ein neues Alphabet kämpfen lassen, um ihre physische und geistige Entfremdung auszudrücken.

Das kann bei al-Daïf durchaus poetische Töne annehmen, wie in seinem kleinen Roman *Die Menschen im Schatten* aus dem Jahre 1987, einer Sammlung von Phantasien über den Rückzug aus der Stadt ins Dorf, über den Bau eines Hauses und der Einrichtung einer Idylle, die vielleicht doch nicht ganz eine ist.

Das kann auch gespenstische Züge annehmen, wie in *Offener Raum zwischen Schläfrigkeit und Schlaf*, wo er die Angstvisionen eines Mannes mitten im Beirut des Krieges schildert, Visionen, die, wie zahlreiche ähnliche in *Lieber Herr Kawabata*, genährt sind aus persönlichen Erfahrungen des Erzählers – und des Autors.

Raschid al-Daïf sieht sich sein ganzes Leben lang zwischen einem Dasein als Wissenschaftler und als Intellektueller/ Schriftsteller hin und her gerissen. Der Marxismus, der auf ihn, wie auf viele seiner Zeitgenossen, durch sein Ziel der Befreiung des Menschen von der Herrschaft anderer Menschen zunächst eine magische Wirkung ausübte und als Wissenschaft verstanden wurde, sei durch die Wirklichkeit des Krieges praktisch lächerlich und dann hinfällig geworden. So sei es der Wissenschaft insgesamt während der Kämpfe gegangen, und damit habe man die Grenzen des wissenschaftlichen Denkens völlig verwischt.

„Werden wir denn nie lernen", so heisst es in einem Artikel aus seiner Feder, „dass die Aufgabe des Wissenschaftlers eine andere ist als diejenige des Intellektuellen, dass ein guter Wissenschaftler nicht notwendig auch ein engagierter Staatsbürger ist, ja, dass so mancher bedeutende Wissenschaftler ein Spion oder ein Verräter war." Der Wissenschaftler zeige, was ist, lege Beweise vor, der Intellektuelle beziehe Position.

Ob diese Trennung schliesslich und endlich stichhaltig ist, bleibe dahingestellt. Raschid al-Daïf scheint sie zu helfen, eine Orientierung nach fünfzehn Jahren Krieg zu finden.

Hartmut Fähndrich

PS. Zur Erleichterung der Aussprache arabischer Namen wurden in der Übersetzung betonte lange Silben mit einem Zirkumflex (ˆ) versehen.

Einige Daten zur neueren libanesischen Geschichte, die im Zusammenhang mit Lieber Herr Kawabata *stehen:*

1920, 1. September
Ausrufung des Staates Libanon mit neu geschaffenen Grenzen (Gross-Libanon) als französisches Mandatsgebiet

1926, Mai
Proklamation der libanesischen Verfassung

1943, September
Neue libanesische Regierung mit einem christlich-maronitischen Präsidenten und einem muslimisch-sunnitischen Ministerpräsidenten

1946, Dezember
Abzug der letzten französischen Besatzungstruppen

1958, Mai
Ausbruch von drei Monate dauernden innerlibanesischen Auseinandersetzungen.

1958, 15. Juli
Landung amerikanischer Truppen unter der Eisenhower-Doktrin (Schutzgarantie der USA für alle Mittelost-Staaten, die sich vom Kommunismus bedroht fühlen)

1969, 3. November
Abkommen von Kairo: erlaubt dem palästinensischen Wi-

derstand, von libanesischem Territorium aus gegen Israel
zu operieren

1975, 13. April
Beginn des libanesischen Bürgerkriegs

1976, 1. Juni
Eingreifen syrischer Truppen

1978, 15.–20. März
Israelische Invasion im Südlibanon

1982, 6. Juni
Beginn der israelischen Invasion des Libanon

1989, Oktober
Abkommen von Taif (Saudiarabien): sieht Parität der Muslime und Christen im libanesischen Parlament vor

1991, Mai/Juni/Juli
Ende des libanesischen Bürgerkriegs

Das literarische Werk Raschid al-Daïfs

Hîna ḥalla s-saif ʿalâ ṣ-ṣaif
(„Wenn das Schwert auf den Sommer niedergeht",
Gedichte) 1979

Lâ šaiʾa yafûqu l-waṣf
(„Nichts ist unbeschreibbar", Aphorismen und
Gedichte) 1980

al-Mustabidd
(„Der Eigenmächtige", Roman) 1983

Fusḥa mustahdafa baina n-nuʿâs wan-naum
(„Offener Raum zwischen Schläfrigkeit und Schlaf",
Roman) 1986

Ahl aẓ-ẓill
(„Die Menschen im Schatten", Roman) 1987

Tiqanîyât al-buʾs
(„Elendstechniken", Roman) 1989

Ghaflat at-turâb
(„Die Gleichgültigkeit der Erde", Roman) 1991

Ayyu talǧ yahbutu bi-salâm
(„Welcher Schnee fällt in Frieden", Texte) 1993

'Azîzî s-Sayyid Kawâbâtâ
(„Lieber Herr Kawabata", Roman) 1995

Nâhijat al-barâ'a
(„Vom Gesichtspunkt der Unschuld aus", Roman) 1997

ARABISCHE LITERATUR IM LENOS VERLAG
Herausgegeben von Hartmut Fähndrich

Ägypten
Jachja Taher Abdallah, *Menschen am Nil*
Novellen, 187 S.
Aus dem Arabischen von Hartmut Fähndrich und Irmgard Schrand

Salwa Bakr, *Atijas Schrein*
Roman, 122 S. Aus dem Arabischen von Hartmut Fähndrich

Salwa Bakr, *Die einzige Blume im Sumpf**
Geschichten, 117 S. Aus dem Arabischen von Hartmut Fähndrich

Salwa Bakr, *Der goldene Wagen fährt nicht zum Himmel*
Roman, 269 S. Aus dem Arabischen von Evelyn Agbaria

Edwar al-Charrat, *Safranerde**
Roman, 261 S. Aus dem Arabischen von Hartmut Fähndrich

Gamal al-Ghitani, *Seini Barakat**
Roman, 401 S. Aus dem Arabischen von Hartmut Fähndrich

Sonallah Ibrahim, *Der Prüfungsausschuss**
Roman, 220 S. Aus dem Arabischen von Hartmut Fähndrich

Jussuf Idris, *Die Sünderin*
Roman, 191 S. Aus dem Arabischen von Hartmut Fähndrich   .

Muhammad al-Machsangi, *Eine blaue Fliege*
Kurzgeschichten, 104 S. Aus dem Arabischen von Hartmut Fähndrich

Pappschachtelstadt
Geschichten, 217 S.
Ausgewählt und ins Deutsche übertragen von Hartmut Fähndrich

Algerien
Ali Ghalem, *Die Frau für meinen Sohn**
Roman, 272 S.
Aus dem Französischen von Agnès Bucaille und Susanne Thauer

Libanon

Laila Baalabakki, *Ich lebe*
Roman, 284 S. Aus dem Arabischen von Leila Chammaa

Emily Nasrallah, *Flug gegen die Zeit*
Roman, 279 S. Aus dem Arabischen von Hartmut Fähndrich

Emily Nasrallah, *Das Pfand*
Roman, 186 S. Aus dem Arabischen von Doris Kilias

Emily Nasrallah, *Septembervögel**
Roman, 200 S. Aus dem Arabischen von Veronika Theis

Hanan al-Scheich, *Sahras Geschichte**
Roman, 272 S. Aus dem Arabischen von Veronika Theis

Libyen

Ibrahim al-Koni, *Blutender Stein**
Roman, 152 S. Aus dem Arabischen von Hartmut Fähndrich

Ibrahim al-Koni, *Goldstaub*
Roman, 166 S. Aus dem Arabischen von Hartmut Fähndrich

Marokko

Driss Chraibi, *Ermittlungen im Landesinnern**
Roman, 287 S. Aus dem Französischen von Angela Tschorsnig

Abdellatif Laabi, *Kerkermeere*
Bericht, 229 S. Aus dem Französischen von Giò Waeckerlin Induni

Palästina

Emil Habibi, *Der Peptimist**
Roman, 257 S.
Aus dem Arabischen von Hartmut Fähndrich, Angelika Neuwirth et al.

Emil Habibi, *Sarâja, das Dämonenkind*
Eine spätherbstliche Fabuliererei, 232 S. Aus dem Arabischen von
Nuha Forst, Angelika Rahmer und Hartmut Fähndrich

Emil Habibi, *Das Tal der Dschinnen**
Roman, 172 S.
Aus dem Arabischen von Hartmut Fähndrich und Edward Badeen

Ghassan Kanafani, *Bis wir zurückkehren**
Erzählungen, 160 S. Aus dem Arabischen von Hartmut Fähndrich

Ghassan Kanafani, *Das Land der traurigen Orangen**
Erzählungen, 160 S. Aus dem Arabischen von Hartmut Fähndrich

Ghassan Kanafani, *Männer in der Sonne/Was euch bleibt*
Kurzromane, 196 S.
Aus dem Arabischen von Hartmut Fähndrich und Veronika Theis

Ghassan Kanafani, *Umm Saad/Rückkehr nach Haifa**
Kurzromane, 152 S.
Aus dem Arabischen von Veronika Theis und Hartmut Fähndrich

Sudan
Tajjib Salich, *Zeit der Nordwanderung*
Roman, 191 S. Aus dem Arabischen von Regina Karachouli

Syrien
Salim Barakat, *Der eiserne Grashüpfer*
Geschichte eines kurdischen Kindes, 107 S.
Aus dem Arabischen von Burgi Roos Khalil

Hanna Mina, *Bilderreste*
Roman, 331 S. Aus dem Arabischen von Angela Tschorsnig

Abdalrachman Munif, *Östlich des Mittelmeers*
Roman, 267 S. Aus dem Arabischen von Larissa Bender

Hamida Naana, *Keine Räume mehr zum Träumen*
Roman, 287 S. Aus dem Arabischen von Hartmut Fähndrich

Sakarija Tamer, *Frühling in der Asche*
Erzählungen, 124 S. Aus dem Arabischen von Wolfgang Werbeck

*auch als Taschenbuch in der Reihe LENOS POCKET.
Bitte verlangen Sie unseren Prospekt.